The Pick-Up
and
Hit and Run

Drôle de drague
et
Délit de fuite

Langues pour tous
Collection dirigée par Jean-Pierre Berman, Michel Marcheteau et Michel Savio

ANGLAIS Série bilingue

Niveaux : ❏ facile ❏❏ moyen ❏❏❏ avancé

Littérature anglaise et irlandaise

- **Carroll (Lewis)** ❏
  Alice au pays des merveilles
- **Churchill (Winston)** ❏❏
  Discours de guerre 1940-1946
- **Cleland (John)** ❏❏❏
  Fanny Hill
- **Conan Doyle** ❏
  Nouvelles (6 volumes)
- **Dickens (Charles)** ❏❏
  David Copperfield
  Un conte de Noël
- **Fleming (Ian)** ❏❏
  James Bond en embuscade
- **French (Nicci)**
  Ceux qui s'en sont allés
- **Greene (Graham)** ❏❏
  Nouvelles
- **Kinsella (Sophie), Weisberger (Lauren)**
  Love and the City ❏
- **Kipling (Rudyard)** ❏
  Le Livre de la jungle (extraits)
  Deux nouvelles
- **Maugham (Somerset)** ❏
  Nouvelles brèves
- **McCall Smith (Alexander)**
  Contes africains ❏
- **Stevenson (Robert Louis)** ❏❏
  L'Étrange Cas du Dr Jekyll
  et de Mr Hyde
- **Wells (H.G.)**
  Les Mondes parallèles
- **Wilde (Oscar)**
  Nouvelles ❏
  Il importe d'être constant ❏

Ouvrages thématiques

- **L'Humour anglo-saxon** ❏
- **300 blagues britanniques
  et américaines** ❏❏

Littérature américaine

- **Bradbury (Ray)** ❏❏
  Nouvelles
- **Chandler (Raymond)** ❏❏
  Les ennuis c'est mon problème
- **Hammett (Dashiell)** ❏❏
  Meurtres à Chinatown
- **Highsmith (Patricia)** ❏❏
  Crimes presque parfaits
- **King (Stephen)** ❏❏
  Nouvelles
  L'Ordinateur des dieux
- **Poe (Edgar)** ❏❏❏
  Trois nouvelles
- **London (Jack)** ❏❏
  Histoires du Grand Nord
  Contes des mers du Sud
- **Fitzgerald (Scott)**
  L'Étrange Histoire
  de Benjamin Button ❏

Anthologies

- **Nouvelles GB/US
  d'aujourd'hui** ❏❏ (2 vol.)
- **Dix-huit très courtes nouvelles
  GB/US**
- **Les Grands Maîtres
  du fantastique** ❏❏
- **Nouvelles américaines
  classiques** ❏❏
- **Nouvelles anglaises
  classiques** ❏❏
- **Ghost Stories – Histoires
  de fantômes** ❏❏
- **Histoires diaboliques** ❏❏

Autres langues disponibles dans les séries de la collection
Langues pour tous

ALLEMAND · AMÉRICAIN · ARABE · CHINOIS · ESPAGNOL · FRANÇAIS · GREC · HÉBREU
ITALIEN · JAPONAIS · LATIN · NÉERLANDAIS · OCCITAN · POLONAIS · PORTUGAIS
RUSSE · TCHÈQUE · TURC · VIETNAMIEN

DOUGLAS KENNEDY

The Pick-Up *and* Hit and Run

Drôle de drague et *Délit de fuite*

Traduction et notes par

Michel Marcheteau
Agrégé de l'Université

Michel Savio
Professeur honoraire
École supérieure d'électricité
FSC

Pocket, une marque d'Univers Poche, est un éditeur qui s'engage pour la préservation de son environnement et qui utilise du papier fabriqué à partir de bois provenant de forêts gérées de manière responsable.

Le Code de la propriété intellectuelle n'autorisant, aux termes des paragraphes 2 et 3 de l'article L. 122-5, d'une part, que les « copies ou reproductions strictement réservées à l'usage privé du copiste et non destinées à une utilisation collective » et, d'autre part, que les analyses et les courtes citations dans un but d'exemple ou d'illustration, « toute représentation ou reproduction intégrale ou partielle faite sans le consentement de l'auteur ou de ses ayants droit ou ayants cause est illicite » (article L. 122-4). Cette représentation ou reproduction, par quelque procédé que ce soit, constituerait donc une contrefaçon sanctionnée par les articles L. 335-2 et suivants du Code de la propriété intellectuelle.

© 2016, Éditions Pocket – Langues pour Tous, département d'Univers Poche, pour la traduction et les notes.

ISBN : 978-2-266-27097-7

Comment utiliser la série « Bilingue »

Cet ouvrage de la série « Bilingue » permet au lecteur :

• d'avoir accès aux versions originales de textes célèbres en anglais, et d'en apprécier, dans les détails, la forme et le fond ;

• d'améliorer sa connaissance de l'anglais, en particulier dans le domaine du vocabulaire dont l'acquisition est facilitée par l'intérêt même du récit, et le fait que mots et expressions apparaissent en situation dans un contexte, ce qui aide à bien cerner leur sens.

Cette série constitue donc une véritable méthode d'autoenseignement, dont le contenu est le suivant :

• page de gauche, le texte anglais ;

• page de droite, la traduction française ;

• bas des pages de gauche et de droite, une série de notes explicatives (vocabulaire, grammaire, etc.).

Les notes de bas de page aident le lecteur à distinguer les mots et expressions idiomatiques d'un usage courant, et qu'il lui faut mémoriser, de ce qui peut être trop exclusivement lié aux événements et à l'art de l'auteur.

Il est conseillé au lecteur de lire d'abord l'anglais, de se reporter aux notes et de ne passer qu'ensuite à la traduction ; sauf, bien entendu, s'il éprouve de trop grandes difficultés à suivre le récit dans ses détails, auquel cas il lui faut se concentrer davantage sur la traduction, pour revenir finalement au texte anglais, en s'assurant bien qu'il en a dès lors maîtrisé le sens.

L'auteur

Douglas Kennedy est né à New York en 1955 et vit entre Londres, Paris et Berlin. Auteur de trois récits de voyages remarqués – *Au pays de Dieu* (2004), *Au-delà des pyramides* (2010) et *Combien ?* (2012) –, il s'est imposé avec, entre autres, *Piège nuptial* (1997), *L'homme qui voulait vivre sa vie* (1998) – adapté au cinéma par Éric Lartigau en 2010 avec Romain Duris et Catherine Deneuve –, *La Poursuite du bonheur* (2001), *Les Charmes discrets de la vie conjugale* (2005), *La Femme du Ve* (2007), *Quitter le monde* (2009), *Cet instant-là* (2011), *Cinq jours* (2013), *Murmurer à l'oreille des femmes* (2014) et *Mirage* (2015).

Son dernier titre, *Les Grandes Questions (sans réponse)*, a paru en 2016 chez Belfond.

Retrouvez toute l'actualité de l'auteur sur :
www.douglas-kennedy.com

The Pick-Up [1]

Drôle de drague

---

1. En anglais ce mot peut désigner *le fait de draguer* ou *la personne draguée*.

On the day I was found not guilty of embezzlement[1], I decided to get drunk. The court hearing—which also pronounced me penniless and unable to meet my debts[2]—had ended at three. Silverstein, my court appointed attorney, informed me—in the wake of the judge calling me a deadbeat[3] and stating that, had he the power in his authority, he'd toss[4] my ass into jail—that I could consider myself a lucky camper[5].

"If there was any justice in the world" my lawyer said, "you'd now be en route to a Club Fed[6] for five to ten years, and you'd be forced to hock[7] your Gulfstream to pay my legal fees."

"I don't have a Gulfstream" I told the guy. "In fact, as you well know I have shit in the way of assets[8], which is why I had to rely on a cheap-assed legal clown like you."

Silverstein smiled thinly[9] at me and said:

"Guys like you—who've been born with a silver spoon in their ass—always play high and mighty[10] when you end up falling on the mercy of the court and asking the state to pay for your legal representation. And then you look down[11] your Ivy League[12] nose at someone who went to Brooklyn Law, not Harvard, but still managed to spare you hard time[13]."

"You looking for a tip or something?" I asked him. "I mean, if I had an extra grand to spare I'd slip[14] it to you, and tell you to buy yourself a new suit or some such shit. Because,

---

1. **embezzlement** : *appropriation illégale de fonds, détournement de fonds* ; au sens large, *escroquerie*.

2. **debt** : attention, le **b** ne se prononce pas : [det]

3. **deadbeat** : *parasite, bon à rien* ; en langue US familière, désigne plus spécifiquement quelqu'un qui ne paie pas ses dettes.

4. **to toss** : *lancer, jeter* ; **to toss a coin**, *tirer à pile ou face*.

5. **lucky camper** : cf. **happy camper**, qui désigne quelqu'un de parfaitement satisfait de son sort (probable allusion à la gaieté artificielle des camps de vacances).

6. **Club Fed** : jeu de mots sur *Club Med* (allusion aux conditions de détention réservées aux cadres et personnalités).

7. **to hock** : *mettre au mont-de-piété/au clou, chez un prêteur sur gage*.

8. **assets** : *actif* (d'une société), *avoir, capital*. **Assets and liabilities** : 1. *actif et passif*. 2. *points forts et points faibles*.

Le jour où on m'a reconnu non coupable de détournement de fonds, j'ai décidé de me soûler. L'audience du tribunal – qui m'a déclaré sans le sou et donc incapable d'honorer mes dettes – s'était terminée à trois heures. Silverstein, mon avocat commis d'office, m'a assuré, après que le juge m'eut traité de parasite et eut proclamé que si ses fonctions lui en avaient donné le pouvoir il m'aurait flanqué en taule, que je pouvais me considérer comme un sacré veinard.

— S'il y avait un peu de justice en ce monde, me dit mon avocat, vous seriez en route pour une prison pour cadres pour un séjour de cinq à dix ans, et vous seriez obligé de mettre votre Gulfstream au clou pour payer mes honoraires.

— Je n'ai pas de Gulfstream, lui ai-je répliqué. En fait vous savez très bien que mes avoirs se résument à zéro, c'est d'ailleurs pour ça que j'ai dû me contenter d'un minable clown de prétoire comme vous.

Silverstein ébaucha un sourire et dit :

— Les gens comme vous – qui sont nés avec une cuiller en argent dans le cul – montent toujours sur leurs grands chevaux quand ils se retrouvent à la merci d'un tribunal et font appel à l'État pour régler leurs frais d'avocat. Et ensuite vous regardez du haut de votre morgue de diplômé de grande école celui qui a fait son droit à Brooklyn, et non pas à Harvard, mais qui vous a quand même sauvé la mise.

— Vous voulez un pourboire, c'est ça ? Bon, si j'avais mille dollars en trop, je vous les refilerais, en vous disant de vous acheter un costume neuf ou un truc comme ça. Parce que,

---

9. **thinly** : adverbe de l'adjectif **thin**, *léger, mince, maigre* ; *peu épais, léger*.

10. **high and mighty** : mot à mot *grand et puissant*, d'où **to play high and mighty** = *se croire au-dessus du lot*.

11. **to look down** (**at** ou **on**) : *regarder de haut, avec mépris*.

12. **Ivy League** : se dit des grandes universités traditionnelles des États-Unis, créées les premières dans l'Est. Allusion à leurs murs couverts de lierre témoins de leur ancienneté. Au sens strict, désigne les universités de **Harvard** (1636), **William and Mary** (1693), **Yale** (1701), **Princeton** (1746), **Brown** (1764), **Washington and Lee** (1749).

13. **hard time** : cf. **to do hard time**, *faire de la prison*.

14. **to slip** : *glisser* ; (ici) *refiler, faire passer*.

my man, you really could use a tonsorial[1] upgrade..."

Yes, yes, I already know what you're thinking: who is this asshole[2] and how does he get away with talking such aggressive, vindictive[3] jive—especially to the well-meaning and badly paid legal eagle who had actually[4] done a damn good job when it came to allowing him to walk away, scott free[5], from the financial car crash[7] that had enveloped him. But when I'm anxious and edgy I turn ugly. And today was a particularly anxious and edgy[8] day. After a four-week[10] hearing in which I had been held up as an exemplar[11] of all that was wrong with modern capitalism—and called a thief, an embezzler, a destroyer of lives—I arrived in court this morning expecting to be judged guilty by a jury of my so-called peers and sentenced to some very hard time (Silverstein told me I'd be lucky to get off with seven-to-ten... and perhaps, with some persuasion, he'd be able to persuade the New York penal authorities to dispatch me to some minimum security Club Fed). But, much to the complete surprise of all present, when the foreman[12] stood up and said that, yes, they had reached a verdict, he looked right at me. As Silverstein had warned me, "If the foreman refuses to make eye contact with you when they come back you're going down". But the greasy bastard[13]—he was some Puerto Rican—stared[14] right at me as they took their place in the jury box.

---

1. **tonsorial** : *de coiffeur, de barbier* ; **upgrade**, *amélioration, mise à niveau* (des performances, du niveau).

2. **asshole** : mot à mot *trou du cul*.

3. **vindictive** : *vindicatif, agressif*.

4. **jive** : 1. *baratin, foutaise(s), connerie(s)*.

5. **actually** : ce faux ami signifie : *en réalité, en fait, véritablement*. *Actuellement* se dit **currently, now**.

6. **scott free** ou **scot free** : **to get off scot free**, *s'en tirer à bon compte*.

7. **car crash** : mot à mot *accident de voiture*.

mon vieux, ça vous ferait pas de mal de changer de capilliculteur...

Oui, d'accord, je sais que vous vous dites « comment ce connard peut parler sur un ton aussi agressif et provocant, surtout à un as du barreau bien intentionné et si mal payé qui a quand même fait un sacré boulot en lui permettant de se tirer indemne de la catastrophe qui le menaçait de toutes parts ? » Mais quand je suis anxieux et sur les nerfs, je deviens méchant. Et cette journée m'a rendu agressif, particulièrement nerveux et énervé. Après quatre semaines d'audience au cours desquelles on m'a présenté comme l'exemple même de tout ce qui ne va pas dans le capitalisme moderne – après m'avoir qualifié de voleur, d'escroc, de destructeur de vies –, je suis arrivé au tribunal ce matin m'attendant à être déclaré coupable par un jury de mes prétendus pairs et condamné à une peine très dure (Silverstein m'avait dit que j'aurais de la chance si je m'en tirais avec une peine de sept à dix ans... et qu'avec un peu de persuasion il pourrait convaincre les autorités pénitentiaires de New York de m'envoyer dans un quartier de sécurité minimum). Mais à la surprise complète de tous les présents, quand le président du jury s'est levé pour dire que, oui, ils étaient parvenus à un verdict, il m'a regardé bien en face. Silverstein m'avait prévenu : « Si le premier juré évite votre regard quand ils reviennent devant la cour, vous êtes fichu. » Mais le gros lard – un Portoricain ou quelque chose comme ça m'a regardé droit dans les yeux alors que le jury reprenait place dans le box.

---

8. **edgy** : *à cran, énervé, crispé, sur les nerfs*.

9. **ugly** : 1. *laid*. 2. (comportement) *menaçant, mauvais, méchant*.

10. **four-week** : pas de **s** à **week**, ici en position d'adjectif (ce que matérialise le trait-d'union), donc invariable.

11. **exemplar** : *exemple, modèle, archétype*.

12. **foreman** : 1. *contremaître*. 2. *président de jury*.

13. **greasy bastard** : mot à mot *bâtard graisseux*.

14. **to stare** : *regarder fixement* ou *avec étonnement*.

The fact that I was able, through an intermediary, to slip the guy the last one hundred Gs[1] I had in the world, was the primary reason why jury deliberations took seven days, and the judge twice called them back into the courtroom to see what was causing an open-and-shut case[2] of fraud to turn into a hung jury[3] affair. So when the foreman read out the Not Guilty verdict, there was a low rumble[4] throughout the courtroom—the DA[5] and his henchmen[6] looking absolutely stunned, the judge barely restraining himself when it came to pointing out that this verdict flew in the face[7] of hard-and-fast evidence[8] against the defendant. Afterwards, several members of the jury stated they were strong armed[9] by the foreman into the Not Guilty column, even though they agreed with the prosecutor. And though the D.A.—in a press conference following the verdict—vowed[10] to investigate whether there had been any jury tampering[11]—I knew that my associate (Boris Splikov—a Russian shtarker[12], and my business associate in the dot.com scam[13] I had been running) had so skillfully laundered[14] me money that was fed[15] to the grease ball jury foreman—and also has so much dirt[16] on the Juan Ramirez guy (like the fact that he had been fucking his sister-in-law for the past six months)—that it was going to be very hard for the bribe[17] to be traced to him, let alone back to me.

Silverstein was also incredulous at the verdict.

---

1. **G** : 1. ici, abréviation de **grand** : *billet* ou *somme* de *1 000 dollars* (US) ou *1 000 livres* (UK). 2. **G** : la cinquième note, *sol*, dans la gamme dans la notation musicale en usage dans les pays anglo-saxons et germaniques. 3. symbole de l'*intensité* ou de l'*accélération*.

2. **open-and-shut case** : *affaire évidente, qui ne pose pas de problème.* Mot à mot, aussi vite refermée qu'ouverte.

3. **hung jury** : *jury sans majorité, qui ne parvient pas à une décision* ; cf. **hung Parliament**, *parlement sans majorité.*

4. **rumble** : *bruit sourd, grondement.*

5. **D.A.** : **District Attorney** : *représentant du ministère public* ; cf. le *Procureur de la République* en France.

6. **henchmen** : *hommes de main* ; *partisans, complices.*

7. **to fly in the face of** : *battre en brèche.*

8. **hard-and-fast evidence** : *preuves pures et dures.* Attention, l'anglais **evidence** est en général singulier : **evidence shows that...**, *les preuves montrent que...*

Le fait que j'aie pu, grâce à un intermédiaire, faire glisser au mec les derniers cent mille dollars qui me restaient au monde a été la principale raison pour que les délibérations du jury durent une semaine, et que le juge le rappelle à deux reprises dans la salle d'audience pour savoir ce qui transformait une évidente affaire de fraude en un cas où le jury ne parvenait pas à se déterminer. Alors quand le premier juré a lu un verdict d'acquittement, une rumeur étouffée a parcouru la salle du tribunal, le procureur et ses séides avaient l'air totalement sonnés, le juge ayant du mal à se contrôler en faisant remarquer que ce verdict allait à l'encontre des preuves formelles accablant la défense. Par la suite plusieurs membres du jury déclarèrent que leur premier juré les avait contraints à voter non coupable même s'ils étaient d'accord avec le procureur. Et bien que le procureur, lors d'une conférence de presse à la suite du verdict, ait promis d'enquêter pour savoir si le jury avait éventuellement été soudoyé, je savais que mon associé (Boris Splikov, un truand russe, également mon associé dans cette arnaque sur Internet) avait si efficacement blanchi les fonds refilés à cette boule de graisse de premier juré, et détenait tant de renseignements compromettants sur ce Juan Ramirez (comme le fait qu'il sautait sa belle-sœur depuis six mois) que ce serait bien difficile de faire remonter le pot-de-vin jusqu'à lui, et encore plus jusqu'à moi.

Silverstein lui aussi avait accueilli le verdict avec incrédulité.

---

9. **to strong arm** : *forcer la main* ; *contraindre à un accord* par la force/la violence/la menace.

10. **to vow** : *faire le vœu de, jurer de faire, s'engager à faire.*

11. **to tamper (with)** : *trafiquer, falsifier* ; *soudoyer.*

10. **shtarker/shtarka** : (mot yiddish) 1. *homme fort et brave.* 2. *voyou, truand, gangster.*

13. **scam** : *arnaque, escroquerie, combine, magouille.*

14. **to launder** : *laver, blanchir.*

15. **fed** : de **to feed, fed, fed**, *nourrir, alimenter, ravitailler* ; *fournir, entretenir, introduire.*

16. **dirt** : 1. *saleté, crasse, boue, ordure(s).* 2. *cancans, ragots* ; *révélations à charge.*

17. **bribe** : *pot-de-vin, commission illicite* ; cf. **to bribe**, *acheter, soudoyer, corrompre.*

"Did you pay off somebody?" he asked as we adjourned[1] to a bar near the Federal Courthouse in Lower Manhattan.

"You forget, I'm broke[2]" I told him, simultaneously remembering that the Feds[3] had run a thorough check of my finances to make certain that I hadn't stashed[4] large sums of money elsewhere, and also was eligible for legal aide. What they hadn't sussed[5] was that I had worked a scam with a guy in the Cayman Islands[6] who took a whopping[7] 20% of all that I banked[8] with him in return for laundering the million-two I'd managed to get out of the country before the government closed in[9] on me. And of what grievous[10] sin was I guilty? Embezzlement and fraud—better known as a good old fashioned[11] scam. Here's how it worked. I set up a dot.com company in Uruguay that fashioned itself as the ebay of Latin America. I sold investors shares in said company at fifty thousand dollars per block of eight hundred shares. They were guaranteed[12] a return[13] once the company went public[14] in twelve months time—and a full refund if the company didn't make it to an IPO[15]. What these dupes didn't realize is that I had been gifted[16] the shares when I set up the company. I'd also registered the company in Grenada, and through the niceties[17] of local law there I worked it out there by making this shelf company (not me) the bag carrier[18] if and when the whole thing went up in flames[19].

---

1. **to adjourn** : 1. *ajourner, reporter, remettre à plus tard.* 2. *lever, suspendre* (une séance). 3. **to adjourn to** : *passer à/se retirer dans* (une pièce, une chambre...).

2. **broke** : *fauché, sans le sou.* **To go broke** (entreprise) *faire faillite.*

3. **the Feds** : *les fédéraux*, c'est-à-dire le **FBI = Federal Bureau of Investigation**.

4. **to stash** : *cacher, planquer* ; *mettre à gauche, mettre de côté.*

5. **sussed** : de **to suss**, abréviation de **to suspect**.

6. **Cayman Islands** : les *îles Caïmans*, Antilles britanniques, au sud de Cuba. Les Caïmans sont un *paradis fiscal*, **tax haven**.

7. **whopping** : *énorme, écrasant.*

8. **to bank with** : 1. *avoir un compte dans une banque.* 2. *déposer dans une banque.*

9. **to close in on** : *rattraper* ; *resserrer son étau autour de.*

— Avez-vous acheté quelqu'un ? demanda-t-il alors que nous nous rendions dans un bar proche du Tribunal Fédéral de Lower Manhattan.

— Vous oubliez que je suis ruiné, répondis-je, me souvenant en même temps que le FBI avait soigneusement enquêté sur mes finances pour s'assurer que je n'avais pas planqué de grosses sommes ailleurs et que j'étais bien éligible à l'aide juridictionnelle. Ce qu'ils n'avaient pas suspecté, c'était que j'avais organisé une combine avec un type des îles Caïmans qui prélevait un scandaleux 20 % sur tout ce que je déposais chez lui en échange du blanchiment du million deux que j'avais réussi à faire sortir du pays avant que le gouvernement ne me rattrape.

Et de quel terrible péché étais-je coupable ? Détournement de fonds et fraude fiscale, en fait une bonne vieille arnaque à l'ancienne. Voilà comment ça marchait. J'avais, par Internet, fondé une société en Uruguay qui se présentait comme l'eBay d'Amérique latine. J'avais vendu des actions de ladite société à des investisseurs, à raison de cinquante mille dollars le paquet de huit cents actions. Ils avaient la garantie d'une plus-value lorsque la société serait cotée au bout d'un an, ou d'un remboursement total si la société ne réussissait pas son introduction en bourse. Ce que les pigeons n'avaient pas compris, c'est que les actions avaient été enregistrées à mon nom quand j'avais fondé la société. J'avais aussi basé la société dans l'île de Grenade, et grâce aux subtilités des lois locales, j'avais fait en sorte que cette société écran (et pas moi) soit responsable des fonds au moment où la combine partirait en vrille.

---

10. **grievous** : *grave, sérieux, sévère ; cruel, pénible, affreux ; odieux.*
11. **to fashion** : *fabriquer, façonner ; confectionner.*
12. **guaranteed** : attention, le **u** n'est pas prononcé : [gærən'ti:d]
13. **return (on capital)** : *rendement (du capital), profit, bénéfice.*
14. **to go public** : *entrer/s'introduire en bourse, se faire coter en bourse, devenir une société anonyme.*
15. **IPO** : **Initial Public (stock) Offering**, *offre publique d'actions, introduction en bourse.*
16. **to gift** : *donner, attribuer.*
17. **niceties** : *subtilités, arcanes, détails complexes, finesses.*
18. **bag carrier** : mot à mot *détenteur/porteur du sac contenant l'argent.*
19. **to go up in flames** : *s'embraser ; partir en fumée.*

The thing was, the majority of my dupes were rich enough to absorb the hit. And anyway, had the company gone public they would have made shitloads[1]... though the chances of that happening were up there with me converting to Islam and becoming the Chief Immam of Kabul[2]. But that's the thing about scamming people. You have to accept the fact that you are that pure construct[3] an amoral person in a fundamentally amoral world. Long ago—after getting fired from a series of Wall Street jobs for assorted violations of ethics and also watching my marriage go down the toilet for reasons connected with my fast-and-loose[4] morality both on the trading floor[5] and in the apartments of assorted mistresses—I decided to float my way[6] through life. I always remember a phrase[7] that stuck in my mind from a twentieth-century literature class at one of the three universities I attended[8]: existential purity. The idea of living totally in the present, responsible for your own actions and cognizant of[9] the fact that you are completely alone in a hostile universe. My ex-wife used to[10] call me a man without a moral compass—and one who thought nothing of[11] trampling[12] over other people's lives. I looked upon my behavior as simply a way of operating within a world that was Social Darwinistic[13] and in which nobody thanked you for being nice.

---

1. **shitloads** : (vulgaire) *des tonnes*.

2. **Kabul** : *Kaboul*, capitale de l'Afghanistan.

3. **construct** : *construction mentale* (dans le langage de la philosophie et de la psychologie).

4. **fast-and-loose** : *rapide et relâché*, c'est-à-dire sans respect des règles et de la morale.

5. **trading floor** : *parquet, salle des marchés, enceinte de la bourse*.

6. **to float one's way** : *se laisser porter par le courant* ; cf. **to elbow one's way**, *avancer en jouant des coudes*.

7. **phrase** : *expression, formule*. Le français *phrase* se dit **sentence**.

8. **to attend** : attention à la construction de ce verbe, qui est suivi d'un complement direct ; **to attend a meeting**, *assister/participer à une réunion* ; **to attend school**, *aller à l'école*, etc.

À vrai dire, mes victimes étaient en majorité assez riches pour encaisser le coup. Et d'ailleurs, si la société avait été introduite en bourse, elles auraient touché le gros lot... bien que les chances que cela se produise fussent au même niveau que ma conversion à l'islam et ma désignation comme principal imam de Kaboul. Mais c'est comme ça quand on arnaque les gens. Il vous faut admettre que vous correspondez à ce simple concept : un individu amoral dans un monde qui l'est fondamentalement. Il y a longtemps, après m'être fait virer d'une série de boulots à Wall Street pour divers manquements à la déontologie, et aussi en voyant mon mariage partir à vau-l'eau en raison d'une moralité douteuse aussi bien dans la salle des marchés que dans les appartements de multiples maîtresses, j'ai décidé de naviguer à ma guise dans l'existence. J'ai toujours à l'esprit une expression entendue dans un cours sur la littérature du XXe siècle dans une des trois universités que j'ai fréquentées : la pureté existentielle. Le fait de vivre entièrement dans le présent, d'être responsable de ses actes, et pleinement conscient d'être totalement seul dans un univers hostile. Mon ex-femme me qualifiait d'individu sans boussole morale, capable d'écraser les autres sans le moindre remords. J'ai toujours considéré mon comportement comme une simple adaptation à une société qui obéit aux principes du darwinisme et dans laquelle la gentillesse n'est jamais récompensée.

---

9. **to be cognizant of** : *avoir connaissance de, être instruit de/au fait de.*
10. **used to** indique la répétition d'une action.
11. **to think nothing of** : *ne pas hésiter à, n'avoir aucun scrupule à.*
12. **to trample** : *piétiner, fouler aux pieds.*
13. **Darwinistic** : **Charles Darwin** (1809-1882), naturaliste anglais dont le principal ouvrage, *De l'origine des espèces au moyen de la sélection naturelle* (1859), fonda le transformisme et la théorie de l'évolution. Il fut longtemps combattu par les milieux conservateurs et religieux. Le texte fait ici allusion à sa formule célèbre, **struggle for life**, *la lutte pour la vie.*

So why attempt to play by a set of rules set up by governments and law enforcement[1] agencies who essentially never played by them anyway, but created them as a way of controlling others. It was a bit like all those rules about fidelity and forsaking[2] all others that I had to swear when I caught myself in the marital trap two times (I didn't mention the first marriage because, quite simply, it wasn't worth mentioning). The man who stays faithful to his wife for forty years is held up to us as the exemplar[3] of all that is right and stable in the realm[4] of family values. And nine times out of ten, if he isn't banging[5] some twenty year old on the side, he's wondering why he isn't banging some twenty year old on the side—and what Brownie Points[6] that his four decade incarceration to a woman who has kept him entrapped[7] in domestic hell has[8] all added up to[9]. And even if the marriage has been one of those rare outings[10] where there's been pretty regular sex and a modicum[11] of comfort... the guy is still going to think: I should have been out there[12], getting all the pussy on offer[13].

And yes, as you can gather[14], I do not have the most uplifting[15] and optimistic take[16] on the human condition. But "take" is the operative word here. I take, you take, we all take. That, my friend, is how the world works. *Cogito Ergo*[17] *Fuck You.*

But in the wake[18] of my little court victory I was willing to spot[19] my court appointed lawyer a couple of drinks.

---

1. **law enforcement** : *application/mise en vigueur/imposition/respect de la loi.*

2. **to forsake, forsook, forsaken** : *renoncer à, délaisser, abandonner.*

3. **exemplar** : *exemple par excellence, parangon, modèle.*

4. **realm** : *royaume, domaine* ; prononciation : [relm].

5. **to bang** : (vulgaire) *sauter, baiser, tirer, se taper, se faire.*

6. **Brownie Points** : *badges* ; *bons points* ; **Brownie** : *jeannette* (dans les mouvements scouts et éclaireurs).

7. **to entrap** : *piéger, prendre au piège.*

8. **has** : le sujet de ce verbe est le pluriel **Brownie Points**, mais l'accord se fait sur le sens général, ce qui est plus facile en anglais qu'en français.

9. **to add up to** : *s'élever à, se monter à*, mais aussi *se résumer à.*

10. **outing** : *excursion, sortie, randonnée.* Ici, *sortie de l'ordinaire.*

Alors pourquoi essayer de respecter un ensemble de règlements édictés par des gouvernements et des organismes juridiques qui d'ailleurs ne les ont jamais respectés eux-mêmes, mais les ont créés comme moyens de contrôler les autres. C'est un peu comme toutes ces règles sur la fidélité et le renoncement au péché qu'il m'a fallu prêter serment de respecter quand je suis tombé dans le piège du mariage à deux reprises (je n'ai pas mentionné un premier mariage, tout simplement parce qu'il ne mérite pas d'être mentionné). L'homme qui reste fidèle à sa femme pendant quarante ans nous est présenté comme le modèle de tout ce qui est bon et solide dans le domaine des valeurs familiales. Et neuf fois sur dix, s'il ne saute pas une jeunette de vingt ans en douce, il se demande bien pourquoi il ne le fait pas – et à quoi lui ont servi les bons points accumulés pendant les quarante ans de prison conjugale auprès d'une épouse qui l'a enfermé dans un enfer domestique. Et même si le mariage a été un de ceux sortant de l'ordinaire, avec une activité sexuelle à peu près régulière et un minimum de confort... le type va quand même se dire qu'il aurait mieux fait d'aller voir dehors et de s'offrir toutes les foufounes disponibles.

Hé oui, comme vous pouvez le constater, je ne prends pas la condition humaine pour l'état le plus propre à susciter l'exaltation et l'optimisme. Mais « prendre » est bien le mot qui s'impose ici. Je prends, tu prends, nous prenons tous. Ça, mon ami, c'est le mode de fonctionnement du monde. *Cogito ergo je te baise.*

Mais dans la foulée de ma petite victoire juridique, je voulais payer un ou deux verres à mon avocat commis d'office.

---

11. **modicum** : *minimum ; petite quantité.*

12. **out there** : *le monde extérieur.*

13. **on offer** : *disponible, en promotion* ; cf. **on offer this week**, *promotion de la semaine.*

14. **to gather** : *1. rassembler, réunir. 2. ramasser, cueillir, récolter. 3. déduire, conclure, comprendre.*

15. **uplifting** : *inspirant, qui élève, qui grandit.*

16. **take** : *approche, point de vue, façon de voir.*

17. **cogito ergo...** : *formule du philosophe français* **René Descartes** (1596-1650). **Cogito ergo sum**, *Je pense, donc je suis.*

18. **wake** : *sillage, d'où suites, conséquences.*

19. **to spot a drink** : *(emploi familier) offrir à boire.*

Being a Jew he wasn't much of a drinker (I've only met two Jewish boozers[1] in my life, one of whom happened to be my father) and he also seemed to want to get away from me as quickly as possible. That's when we had the little exchange of him telling me that I had been born with a silver spoon in my ass, and I informing him:

"I mean, if I had an extra grand to spare I'd slip it to you, and tell you to buy yourself a new suit or some such shit. Because, my man, you really could use a tonsorial upgrade..."

At this point Silverstein downed[2] his tomato juice and said:

"The best thing about getting you off this case[3] is that I never have to set eyes on you again. You are despicable[4]... and, if there's any justice in the world, your arrogance will one day land you in a world of shit. The problem is, you are one of those Houdini[5] guys who keeps wiggling[6] his way out of situations, because you have worked out[7] that you can pay your way[8] out of every situation going."

"Hey, we live in the United States of Kiss My Ass[9] where money is the way we keep score[10]."

Silverstein stood up, grabbed[11] his coat and threw a couple of[12] dollars on the table.

"Your cash is no good here," I said.

---

1. **boozer** : *ivrogne, poivrot, soûlard, alcoolo* ; de **booze** (fam.), *alcool, boisson alcoolisée*. **To be on the booze**, *être alcoolo, picoler* ; **to booze**, *se soûler*.

2. **to down** : *vider, descendre, liquider* (un verre).

3. **case** : *cas, affaire*. Attention à la prononciation : le **s** se prononce [s] et non [z].

4. **despicable** : cf. **to despise**, *mépriser*. *Mépris* : **contempt**.

5. **Harry Houdini** (1874-1926), célébrité mondiale : magicien, prestidigitateur, illusionniste et contorsionniste américain d'origine hongroise.

En bon juif, il n'était pas un gros buveur (je n'ai jamais rencontré que deux alcoolos juifs dans ma vie, l'un des deux se trouvant être mon père), et il semblait aussi vouloir s'éloigner de moi au plus vite. C'est à ce moment-là que nous eûmes ce petit échange au cours duquel il me dit que j'étais né avec une cuiller d'argent dans le cul et où je lui disais : « Bon, si j'avais mille dollars en trop, je vous les refilerais, en vous disant de vous acheter un costume neuf ou un truc dans le genre. Parce que, mon vieux, ça ne vous ferait pas de mal de changer de capilliculteur. »

À ce stade, Silverstein vida son jus de tomate et dit :

— Le bon côté de l'acquittement que je vous ai obtenu, c'est que je n'aurai plus jamais à vous revoir. Vous êtes méprisable, et s'il y a tant soit peu de justice en ce bas monde, votre arrogance vous mettra un jour dans une sacrée merde. Le problème, c'est que vous êtes un de ces Houdini qui parvient toujours à s'extraire de tous les pétrins, car vous avez compris que l'argent peut vous extirper de n'importe quelle situation délicate.

— Hé, on vit aux États-Unis de Baise-mon-cul où il n'y a que le fric qui compte.

Silverstein se leva, attrapa son manteau et jeta deux ou trois dollars sur la table.

— On veut pas de votre monnaie ici, lui dis-je.

---

6. **to wiggle** : *se tortiller, frétiller.*
7. **to work out** : *calculer, combiner, mener à bien, résoudre, élaborer.*
8. **to pay one's way** : 1. *suffire à ses besoins.* 2. (ici) *s'en tirer en payant.*
9. **kiss my ass** : *embrasse-moi le cul.*
10. **to keep (the) score** : *compter les points.*
11. **to grab** : *saisir* (d'un geste brusque), *empoigner, agripper, arracher.*
12. **a couple of** : peut signifier *deux*, mais aussi, dans un sens plus vague, *deux ou trois, quelques* (en assez petit nombre).

"You think I'd let a gonif[1] like you buy me a drink?"

He started stalking off, then turned around hissed at me: "Have a *bad* day[2]."

"A little late for that" I said, thinking that I could have been now facing ten big ones in some Club Fed—and, at best, fending off[3] the attentions of some closeted[4] cost accountant[5] who also got caught fiddling[6] other people's life savings. But that's the thing about embezzlement: you don't really think about the damage you're doing. I mention this not because of some four am epiphany[7] where I realized the wickedness of my ways[8] and got down on my knees and asked Jesus to ring my cellphone and give me some useful tips for personal redemption. No, it was a court appointed shrink[9]—a thin, pimply[10] guy in his early thirties[11], bad suit, bad breath, bad teeth, awkward, geeky[12], a Momma's boy who probably still lived at home and, no doubt, had a subscription to a porn channel to keep all the darkness at bay[13]. Anyway, this guy ran a series of interviews and tests on me—in an effort, as he explained, to "discern my pathology" (big words from someone who was probably watching Lesbian Wrestling[14] at four last night). And what he told me was this:

"People like you who cheat others..."

I came in here.

---

1. **gonif, gonnif, gonaff, gonof**, etc. : de l'hébreu **gonnabh**, *voleur*. A pris le sens de *fripouille, crapule*, ou d'*imbécile*.

2. **have a bad day** : contrepied de **have a good day**, *bonne journée*.

3. **to fend off** : *parer* (un coup), *détourner, repousser, écarter, éluder*.

4. **closeted** : de **to closet**, *s'enfermer, se cloîtrer* ; cf. la formule **a closet homosexual**, *un homosexuel refoulé, aux tendances inavouées, qui ne s'assume pas*.

5. **cost accountant** : *analyste des coûts, analyste financier*. Cf. **cost accounting**, *comptabilité analytique d'exploitation*.

6. **to fiddle** : *traficoter, frauder*.

7. **epiphany** : *l'épiphanie* fête chrétienne pour la manifestation de Jésus-Christ aux Rois Mages venus l'adorer. Ici au sens de *révélation morale ou existentielle*.

8. **the wickedness of my ways** : expression fréquente chez les prédicateurs, dénonçant *l'abjection de ma conduite, le caractère immoral de mon comportement*.

9. **shrink** : *psychiatre, psy* ; à l'origine, jeu de mot sur **head-shrinker**, *réducteur de têtes*.

— Vous croyez que je vais laisser une fripouille comme vous me payer un verre ?

Il s'éloigna dignement, puis se retourna et lança d'une voix sifflante :

— Je vous souhaite une *mauvaise* journée.

— Un peu tard pour ça, dis-je, en pensant que j'aurais pu en ce moment m'attendre à faire dix ans dans un pénitencier pour cadres – et, au mieux, à repousser les avances d'un comptable refoulé qui s'était également fait prendre à tripatouiller l'épargne de ses clients. Mais c'est ce qui se passe avec les détournements de fonds : on ne se préoccupe pas des dommages qu'on cause. Je ne dis pas cela à cause d'une crise de conscience à quatre heures du matin où j'aurais réalisé l'étendue de mes péchés et serais tombé à genoux en implorant Jésus de m'appeler sur mon portable pour me donner quelques tuyaux en vue de ma rédemption. Non, c'était un psy commis par la cour – un maigrichon boutonneux d'une petite trentaine d'années mal sapé, mauvaise haleine, dents pourries, mal à l'aise, l'air polar, un fils à sa maman qui vivait probablement toujours chez elle, et, c'est sûr, était abonné à une chaîne porno pour chasser ses démons. En tout cas, ce type m'a soumis à une série de tests et d'entretiens destinés, m'expliqua-t-il, à « identifier ma pathologie » (de grands mots pour quelqu'un qui venait probablement de mater un match de catch entre lesbiennes à quatre heures du matin). Et voici ce qu'il m'a dit :

— Les gens comme vous qui arnaquent les autres...

Je l'interrompis.

---

10. **pimply** : de **pimple**, *bouton (cutané)*, *pustule*.

11. **in his early thirties** : *âgé de 30 à 35 ans*. Cf. **in her mid thirties/late thirties** : *âgée de 33 à 37 ans/de 36 à 40 ans* ; ne pas confondre avec **the early thirties/late thirties**, *le début/la fin des années trente*.

12. **geeky** : de **geek** [giːk], *intello* (qui communique mal avec les autres), étudiant qui se consacre trop à ses études, à ses livres. A pris dans les années 80 le sens d'*expert en informatique*, d'*obsédé par les ordinateurs*, aujourd'hui *par le net*.

13. **at bay** : *aux abois* ; **to keep at bay**, *tenir à distance/en échec*.

14. **wrestling** : *lutte* ; *catch*. De **to wrest**, *lutter corps à corps* ; *se débattre (avec)*.

"I'm innocent until proven guilty, so stop acting like you know the truth here."

The guy shifted uncomfortably in his chair, then said:

"Embezzlers, fraudsters, tricksters[1], con artists[2]—they all have one basic thing in common: no compassion for their victims. No sense of the enormity of their malfeasances…"

"You really use big words, Doc."

He looked at me directly.

"And you playact[3] like you are some wise guy[4] from Little Italy[5], whereas you were raised[6] in a perfectly middle-class suburb of Long Island, went to a series of perfectly decent colleges, and are far more learned[7] and intelligent than you care to let on. But that's another aspect of the embezzler's makeup[8]. They decide to act out a role—in which they don't ever really see themselves as cheating others. How could they, when they choose to avoid that which everyone sees: the fact that are criminals."

Much as I hate to admit it the guy had a point[9]: when I was running countless different scams (this was the only one for which I ever got caught), I never considered once the ethics of the con[10]. Hell[11], why should I? The thing was, my scams had a certain quasi-legality to them. If the company turned a profit the dupe would also turn a profit.

---

1. **trickster** : *filou, escroc, aigrefin ; truqueur.*
2. **con artist** : spécialiste du **confidence trick**, *abus de confiance.*
3. **to playact** : *faire du théâtre, faire du/son cinéma.*
4. **wise guy** : *petit malin* ; a pris, depuis le début des années cinquante, le sens d'« *associé à la mafia* » ou à sa culture et son style de vie.
5. **Little Italy** : quartier de Manhattan (New York) autrefois à forte population d'origine italienne où subsiste la mafia.
6. **to raise** : 1. *lever, soulever.* 2. *augmenter, majorer.* 3. *élever* (bétail, enfants).

— Je suis innocent tant que je ne suis pas déclaré coupable, alors cessez d'agir comme si vous déteniez la vérité.

Le type s'est tortillé sur son siège, mal à l'aise, avant de dire :

— Les escrocs, les fraudeurs, les magouilleurs, ils ont tous un point commun : aucune compassion pour leurs victimes. Aucun sens de l'énormité de leurs exactions...

— Vous employez vraiment de grands mots, Doc.

Il m'a regardé en face.

— Et vous, vous jouez à l'affranchi de la Mafia, alors que vous avez grandi dans un faubourg bien bourgeois de Long Island, fréquenté une série d'universités parfaitement respectables, et êtes beaucoup plus cultivé et intelligent que vous voulez le laisser paraître. Mais ça, c'est un autre aspect de l'attitude des escrocs. Ils décident de jouer un rôle dans lequel ils ne se voient jamais en train de berner leurs victimes. Comment le pourraient-ils, alors qu'ils choisissent d'ignorer ce que tout le monde peut constater : à savoir qu'ils sont des criminels.

Bien que j'aie horreur de l'admettre, ce type n'avait pas tort : alors que je montais des combines nombreuses et variées (la dernière étant la seule où je me sois fait prendre), je n'ai jamais envisagé l'arnaque du point de vue de la morale. Et pourquoi l'aurais-je fait ? En vérité, mes combines avaient toujours un côté quasi légal. Si ma société faisait des bénéfices, mes pigeons en bénéficieraient.

---

7. **learned** : *éduqué, cultivé, savant, érudit*. Attention à la prononciation, [lɜːʳnɪd], différente du participe passé de ce dérivé de **to learn** (**learnt, learnt**).

8. **makeup** (ou **make-up**) : 1. *maquillage*. 2. *constitution, nature, tempérament, caractère*.

9. **to have a point** : *avoir un bon argument* ; cf. **to make a point**, *présenter un argument convaincant* ; *faire une remarque (judicieuse)*.

10. **con** : voir plus haut **con artist** ; **con** peut désigner *l'arnaque* elle-même, ou *l'arnaqueur*.

11. **Hell** : mot à mot *enfer* ; cf. notre exclamation *Diable !*

The thing was: I knew all along that the chances of these shelf companies going public or entering the realm of profitability was up there with me being named Chief Iman of Kabul.

But I kept such thoughts well out of my head when I was running the scam. And even after the SEC[1] tried to fuck me up the ass with barbed wire my thoughts were more bound up in staying out of the slammer[2] than grappling with[3] such complex moral issues like: am I a bad boy? Anyway I knew the answer to that question: *damn right, asshole*. And unlike 90% of the fools doing time[4] on this planet, at least I can say: I know myself. And when you know yourself, you don't need some pimply shrink telling you about your ethical shortcomings. We all do what we have to do to get through the day[5]... and, most especially, the night. And tonight[6]...

Well, tonight I'm planning to get very drunk.

With Silverstein now off the premises[7] I started seriously boozing. The bar I was in was one of those rare leftovers[8] from the days when Manhattan wasn't a wall-to-wall[9] conclave[10] of the chi-chi and the over styled. The bar in question was called the Blarney Stone. It was your basic, no-nonsense Irish American dump[11]. Cheap, badly lit, with the prevalent stench[12] of over boiled cabbage and pissed beer[13].

---

1. **the SEC** : **the Securities and Exchange Commission**, le gendarme de la bourse américaine, équivalent de notre *COB (Commission des Opérations Boursières)*, qui a cependant moins de pouvoirs que la **SEC**.

2. **slammer** : argot pour *prison* : *taule, cabane, trou* etc.

3. **to grapple with** : *lutter/se débattre/se colleter avec*.

4. **to do time** : *faire de la prison/taule ; servir sa peine, faire son temps*.

5. **to get through the day** : *parvenir au terme de la/sa journée*.

6. **tonight** : peut signifier cette nuit mais aussi *ce soir* (à partir d'environ *18 heures*, 8 p.m.)

7. **premises** : *lieux, locaux*. **Business premises**, *locaux commerciaux*. **On the premises**, *sur place, sur les lieux, dans les locaux*. **No smoking on the premises**, *interdiction de fumer dans les locaux*. **Off the premises**, *hors des lieux, à l'extérieur*.

En réalité, je savais depuis le début que ces sociétés-écrans avaient autant de chances d'être cotées en bourse ou de devenir rentables que moi d'être nommé grand imam de Kaboul.

Mais je m'interdisais de penser à ça pendant que j'organisais la magouille. Et même après que la Commission des Opérations Boursières a tenté de me sodomiser avec du fil de fer barbelé, je me préoccupais davantage d'éviter la taule que de me confronter à de complexes questions morales du genre : suis-je un salopard ? De toute façon, je connaissais la réponse : *et comment, enfoiré.* Et à la différence de 90 % des taulards sur la planète, je peux au moins vous dire : je me connais, et quand vous vous connaissez, vous n'avez pas besoin d'un psy boutonneux pour vous faire découvrir vos insuffisances morales. Nous faisons tous ce que nous avons à faire pour occuper nos journées... et plus particulièrement nos nuits. Et ce soir...

Eh bien ce soir, j'ai l'intention de me soûler grave.

Maintenant que Silverstein avait quitté les lieux, je me mis à picoler sérieusement. Le bar où je me trouvais était un des rares vestiges de l'époque où Manhattan n'était pas encore le domaine réservé des snobs et des hyperbranchés. Le bar en question s'appelait le Blarney Stone. C'était le rade irlando-américain de base sans chichis. Bas de gamme, mal éclairé, envahi par des relents de chou trop cuit et de pisse d'ivrogne.

---

8. **leftovers** : *restes*, *reliefs* (d'un repas), *restants*.

9. **wall-to-wall** : cf. **wall-to-wall carpeting**, *moquette qui va d'un mur à l'autre*. L'expression a pris le sens d'*intensif*, *exhaustif*, total ; **the wall-to-wall coverage of the news**, *la couverture extensive des nouvelles*.

10. **conclave** : à l'origine, assemblée des cardinaux pour l'élection d'un nouveau pape ; a pris le sens, en anglais comme en français, de *réunion privée* ou *secrète*, *assemblée de personnes ayant les mêmes intérêts*.

11. **dump** : 1. *décharge*, *dépotoir* ; *tas d'ordures*. 2. *trou perdu*, *trou à rat* (bar etc.), *bouge* ; *rade* (fam.)

10. **stench** : *puanteur* ; cf. **to stink, stank, stunk**, *puer*, *sentir mauvais*.

13. **pissed beer** : *bière éliminée par les voies urinaires*.

The food was crap[1], the draft beer was cheap and looked like an overpoured[2] urine sample, and they only bothered[3] to hose down[4] the floors every two days. But if you wanted to get drunk cheaply—and in a place where the off-duty[5] cops and firemen and bail bondsmen[6] weren't going to eye you up like some social misfit—then the Blarney Stone was a decent option. Especially as they were currently having a deal on boilermakers[7]: a shot[8] of cheap bar bourbon and a stein[9] of beer, all yours for $4.50. I drank one with Silverstein, then threw down[10] four more over the next ninety minutes, all the while ruminating about the way we make our luck by refusing to be bullied[11] by others. The Social Darwinists at the beginning of the twentieth century were on to something[12] when they proposed that only the fittest survive in a world where we always risk being enveloped by the next guy up the food chain. No wonder I was such a strike-out[13] at marriage. Not only did the idea of fidelity fill me with horror, but so too did the notion that I actually had to love the woman. I mean, I am capable of a degree of love—but when it comes to properly trusting someone else, well...

That's what Doris—wife number two, a former swimsuit model turned stock[14] analyst (now there's a career trajectory for you)—always griped[15] about: my inability to want or need intimacy.

---

1. **crap** : *excrément(s), merde* ; *salades, foutaises.*

2. **overpoured** : *versé en trop grande quantité.*

3. **to bother** : *ennuyer, inquiéter.*

4. **to hose down** : *arroser au jet.* **Hose**, *tuyau.*

5. **off-duty** : *qui n'est pas en service.*

6. **bailbondmen** : personnes qui se spécialisent, contre rémunération, dans le dépôt de *cautions* (**bails**) pour remettre en liberté des inculpés dont ils se portent garants.

7. **boilmaker** : de **boiler**, *chaudière.*

8. **a shot** : *une goutte, une petite quantité* (d'alcool que l'on rajoute à une boisson).

9. **stein** : *quantité* contenue dans une chope de bière standard, soit une pinte (GB 0,56 litre, US 0,47 litre), généralement en terre cuite ou en faïence à l'origine.

La bouffe y est dégueulasse, la bière fadasse, on dirait un échantillon surdosé d'urine, et le sol n'y est lavé que tous les deux jours. Mais si vous voulez vous soûler pour pas cher, et dans un lieu où les flics et les pompiers au repos et les pourvoyeurs de caution ne vous regarderont pas comme une sorte d'inadapté social, alors le Blarney Stone est un choix acceptable. Surtout qu'en ce moment, ils avaient une promotion sur les « chaudronniers » : un doigt de bourbon maison et une pinte de bière, le tout pour 4,50 dollars. J'en ai bu un avec Silverstein, puis j'en ai éclusé quatre autres dans les quatre-vingt-dix minutes suivantes, tout en ruminant sur la façon dont on défend ses chances en refusant de se laisser marcher dessus. Au début du XXe siècle, les sociologues darwiniens avaient mis le doigt sur quelque chose quand ils professaient que seuls les mieux adaptés survivent dans un monde où on risque constamment d'être attaqué par le mec d'au-dessus dans la chaîne alimentaire. Pas étonnant que j'aie été aussi nul dans la vie conjugale. Non seulement l'idée de fidélité m'emplissait d'horreur, mais il en allait de même de l'idée qu'il fallait absolument que j'aime ma femme. D'accord, je suis capable d'une certaine dose d'amour – mais quant à avoir une totale confiance en autrui, bon...

C'est contre ça que Doris – mon épouse numéro deux, un ancien mannequin pour maillots de bain devenue analyste financière (bel exemple d'évolution de carrière) – râlait toujours : mon absence de recherche ou de besoin d'intimité.

---

10. **to throw down** : *avaler, écluser.*

11. **to bully** : *persécuter, tyranniser, brutaliser, intimider.*

12. **to be on to something** : *trouver une piste intéressante, un bon argument.*

13. **strike-out** : vient de la langue du base-ball, et désigne le remplacement d'un batteur qui a échoué à quatre reprises à bloquer une balle, d'où le sens d'échec.

14. **stock** : *valeur boursière, titre, action* ou *obligation.* En américain, synonyme la plupart du temps de **share**, *action.*

15. **to gripe** : *rouspéter, ronchonner.*

"You can never show true yourself" she told me only about ninety-five times, to which I could only reply: "And you are reading all that self-help[1] shit again. You knew what I was about when you signed up for this marriage, so please do not go telling me that I am not in touch with my inner-fucking-child[2]. You want a touchy-feely[3] husband, divorce my ass."

She did just that—but it took around five years for her to finally tire of my act. And when she decided to hit the detonator switch, it was with the help of one of those eviscerating[4] lawyers who decided I was a target for general disembowelment[5]. That's when whatever cash[6] I had went offshore and I took a three year hiatus[7] in Panama—perhaps the dullest dump in the world; a sunny spot for shady[8] people (thank you, Somerset Maugham[9]). But I could hide there—and Doris finally grew tired of running up[10] legal bills chasing my absent ass. So, naturally, a deal was done—and one which I could live with, enabling me to return home to the land where money talks[11] and start up a string[12] of scams which kept me flush[13] until certain clients began to get just a little bit concerned about the state of their investment and…

There was one prick[14]—Platt—who I couldn't get off my back[15]. Platt was this uber-New England WASP—early sixties, retired early from being a dentist to fellow prep school[16] clowns who probably went by the name of Thaddeus Wentworth III.

---

1. **self-help** : *désigne les ouvrages permettant de se débrouiller tout seul, sans faire appel à un spécialiste. Allusion ici aux ouvrages, souvent à tendance psy, du genre « Connaissez-vous vous-mêmes », etc.*

2. **inner-fucking-child** : *l'***inner child** *serait cet enfant qui subsisterait en nous et dont l'histoire influerait sur notre comportement d'adulte, soit qu'on l'accepte, soit qu'on le refoule.*

3. **touchy-feely** : *démonstratif, qui aime le contact physique ; affectueux.*

4. **to eviscerate** : *éviscérer, éventrer.*

5. **disembowelment** : *éviscération, éventration.*

6. **whatever cash** : *quel que soit le montant d'argent liquide.*

7. **hiatus** : *hiatus, pause, interruption, coupure.*

8. **shady** : 1. *ombragé.* 2. *(personne, contrat) douteux, louche, véreux.* **A shady deal**, *une affaire louche.*

9. **Somerset Maugham** : *romancier et dramaturge anglais (1874-1965). Fut agent secret pendant la première guerre mondiale.*

— Tu ne te montres jamais tel que tu es vraiment, m'a-t-elle dit pas moins de quatre-vingt-quinze fois. À quoi je ne pouvais que répondre : Tu lis encore toute cette merde sur la connaissance de soi. Tu savais qui j'étais quand tu m'as épousé, alors ne me raconte pas que j'ai perdu le contact avec le putain d'enfant que je suis tout au fond de moi-même. Tu veux un mari câlin et prévenant, t'as qu'à divorcer.

C'est ce qu'elle a fini par faire, mais il lui a fallu environ cinq ans pour en avoir sa claque de mes manières. Et quand elle a appuyé sur le détonateur, c'est avec l'aide d'un de ces avocats sanguinaires qui avait décidé que j'étais une bonne cible pour l'éviscération totale. C'est alors que j'ai passé à l'étranger l'argent dont je disposais et que j'ai pris un congé de trois ans à Panama – sans doute le trou le plus barbant au monde ; un lieu ensoleillé pour les gens de l'ombre (merci, Somerset Maugham). Mais je pouvais m'y planquer – et Doris s'est finalement fatiguée d'accumuler les frais judiciaires pour me coller au cul en vain. Alors, naturellement, on a trouvé un arrangement qui me convenait, me permettant de rentrer au pays où l'argent est roi et de démarrer une série d'arnaques qui m'ont maintenu à flot jusqu'à ce que certains clients commencent à se sentir juste un peu inquiets sur l'état de leur investissement et...

Il y avait un connard, Platt, dont je n'arrivais pas à me débarrasser. Platt était cet archétype de bourgeois puritain de Nouvelle-Angleterre – petite soixantaine, dentiste retraité précoce avec une clientèle d'anciens condisciples de grandes écoles, le genre de clowns qui répondaient sans doute à des noms comme Thaddeus Wenworth III.

---

10. **to run up bills** : *accumuler les factures.*

11. **the land where money talks** : *le pays où c'est l'argent qui a la parole/qui parle.*

12. **string** : 1. *ficelle, corde.* 2. *série, file, chaîne, chapelet, succession* (d'événements).

13. **flush : to be flush with money**, *avoir de l'argent/des sous, être en fonds.*

14. **prick** : 1. *pénis, queue, bite, pine.* 2. *imbécile, débile, con, connard.*

15. **to get somewhere off one's back** : *faire lâcher prise à quelqu'un.* **Get off my back!**, *fiche-moi la paix ! laisse-moi tranquille ! lâche-moi les baskets/la grappe !*

16. **prep/preparatory school** : école privée préparant les élèves (des classes aisées) à l'entrée à l'université.

Platt owned a place on Beacon Hill in Boston and some compound[1] in Maine, and had this JAP[2] nightmare of a wife about whom he always complained—but whose family ran the biggest chain of dry cleaners in Cleveland (and you know there's money in that). In short, a guy not short of[3] a few bucks—and someone who was a real micro-management freak[4], not to mention the sort of blowhard[5] who was always telling you about what five star Bermuda hotel in which he'd just spent two weeks. We'd been put in touch by a broker for whom I'd actually made some money around the time I got back from Panama (hey I may play fast and loose—but occasionally one of my schemes[6] does pay off[7]). Platt didn't take much convincing to part with[8] a cool[9] $150k—as from the way the guy was talking that's how much he spent in a month. So what's four weeks of living expenses when it comes to gambling on an IPO that could have tripled his investment in two years.

But this was the scam that went south[10]—and Platt was livid. I mean, all my investors were livid… but Platt was off the wall[11]. As soon as he found out that he'd lost his shirt on this one, he was phoning me night and day, telling me that he was going to track me down to the ends of the earth and make me pay for the loss incurred by him.

---

1. **compound** : *enclos, enceinte. Terrain clos* sur lequel sont construits plusieurs maisons ou bâtiments.

2. **JAP : Jewish-American-Princess**, *riche enfant gâtée.*

3. **to be short of** : *manquer de.*

4. **freak** : 1. *phénomène, monstre, accident de la nature, bizarrerie, hasard extraordinaire.* 2. *fanatique, fana, accro.*

5. **blowhard** : *vantard, fanfaron.*

6. **scheme** : *plan, projet ; système, arrangement, combinaison ; procédé malhonnête, combine.*

Platt avait une demeure sur Beacon Hill, à Boston, et une résidence quelque part dans le Maine, et il était marié à un cauchemar d'« héritière juive américaine » dont il n'arrêtait pas de se plaindre, mais dont la famille possédait la plus grosse chaîne de pressings de Cleveland (et vous savez l'argent qu'il y a là-dedans). En bref, un gars qui n'en était pas à quelques dollars près, mais un vrai maniaque de la gestion patrimoniale et en plus le genre de vantard vous parlant toujours du cinq étoiles aux Bermudes où il vient de passer quinze jours. On avait été mis en contact par un courtier à qui j'avais vraiment fait faire de bonnes affaires à l'époque où je revenais de Panamá. (Hein ! Je peux prendre de sacrés risques, mais de temps en temps un de mes montages marche quand même.) Je n'ai pas eu de mal à convaincre Platt de me remettre la coquette somme de 150 patates – comme c'était, à l'entendre, ce qu'il dépensait par mois. Alors que représentaient quatre semaines de dépenses courantes quand il s'agissait de parier sur une introduction en bourse qui aurait pu tripler sa mise en deux ans.

Mais c'est la combine qui a foiré, et Platt était blême. Enfin, tous mes investisseurs étaient blêmes... mais Platt grimpait aux rideaux. Dès qu'il a compris qu'il avait perdu sa chemise sur ce coup, il s'est mis à me téléphoner jour et nuit, en disant qu'il me pourchasserait jusqu'au bout du monde pour me faire payer ses pertes.

---

7. **to pay off** : *être payant/valable, payer, rapporter, récompenser.*

8. **to part with** : *se séparer de, rompre avec ; renoncer à* ; (somme d'argent) *débourser.*

9. **a cool** + somme d'argent : *la coquette somme de..., la somme rondelette de..., une somme de pas moins de...*

10. **to go south** : sur une carte, le sud est en bas, d'où l'idée de *tomber, s'effondrer*, etc.

11. **to be off the wall** : *avoir un comportement excessif, faire un scandale.*

The man was obsessed with revenge—and every time he called his tone sounded like something between an Old Testament Hanging Judge and Vlad the Impaler[1]. He was the clown who went to the SEC straight away, who went to the press, who made it a point of showing up at every court session, glaring at me from the public benches. And when the Not Guilty verdict was announced he was the guy who started screaming: "Gonif! Gonif!" in a voice so loud that the judge threatened to cite him for contempt[2] and had the guards[3] escort Platt off the premises. I half-expected him to be waiting for me on the steps of the court when I walked out a free man—but the guards must have warned him not to loiter with intent[4] outside, as the guy had buzzed off[5].

Anyway, had he wanted to he could have hidden himself around the corner from the Federal Court House and then followed me into the Blarney Stone. But after Silverstein abandoned me two hours went by. I kept knocking back[6] shots of Jim Beam[7], chased by the bar's thin beer. I started thinking about the future trajectory of my life—how I was determined[8] to now change the error of my ways[9] and go Buddhist and save a tree[10] and try to find the beauty in the commonplace[11] and work for a year with lepers in Burkina Faso... and hey, if you believe such shit would you also buy some shares in my new company?

---

1. **Vlad the Impaler** : Vlad III Basarab (1431-1476) régna sur la Valachie et se rendit célèbre par son combat contre les Turcs et sa pratique de l'empalement de ses ennemis. La légende veut qu'il soit à l'origine de Dracula, personnage mythique, mais rien ne valide historiquement ce fait.

2. **comtempt** : *mépris*. **Contempt of court**, *outrage à magistrat*.

3. **guard** : attention à la prononciation du **u** après **g** : [gɑːʳd], comme dans **guarantee**, **guardian** et leurs dérivés.

4. **to loiter with intent** : (expression juridique) *commettre un délit d'intention*. **To loiter** : *s'attarder, traîner, rôder*.

5. **to buzz off** : *décamper, ficher/foutre le camp, se tirer*.

Ce mec était obsédé par la vengeance, et chaque fois qu'il appelait, son ton était à mi-chemin entre celui d'un Juge de l'ancien testament ordonnant une pendaison, et celui de Vlad l'Empaleur. C'est ce rigolo qui a immédiatement avisé la COB, alerté la presse et mis un point d'honneur à être présent à toutes les audiences, me fusillant du regard depuis les rangs du public. Et quand le verdict a été prononcé, c'est lui qui s'est mis à hurler « Fripouille ! Fripouille ! » si fort que le juge l'a menacé de poursuites pour outrage à la cour et le fit sortir hors du tribunal par les gardes. Je m'attendais à moitié à le retrouver sur les marches du palais quand je suis sorti en homme libre – mais les gardes avaient dû l'avertir de ne pas traîner à l'extérieur avec l'intention de me nuire, et le mec s'était tiré.

Cependant, s'il avait voulu, il aurait pu se cacher au coin du Tribunal fédéral et me suivre ensuite jusqu'au Blarney Stone. Mais deux heures s'écoulèrent après que Silverstein m'eut abandonné. Je continuais à écluser des petites doses de Jim Beam noyées dans la fade bière maison. Je commençais à penser à mon existence à venir, comment j'étais maintenant déterminé à m'amender, à me convertir au bouddhisme, à sauver les arbres, à essayer de découvrir le beau sous l'ordinaire, et à travailler une année avec les lépreux du Burkina Faso. Hé, mec, si t'es prêt à avaler ces conneries, pourrais-tu aussi acheter des actions de ma nouvelle société ?

---

6. **to knock back** : *s'envoyer, s'enfiler, avaler, engloutir*.

7. **Jim Beam** : marque de **whiskey** (**bourbon**).

8. **determined** : attention ! le **i** se prononce [i] et pas [aɪ].

9. **the errors of my ways** : langue des prédicateurs pour désigner les péchés, les mauvais comportements, qui doivent être reniés pour permettre la rédemption.

10. **save a tree** : *sauver un arbre*. Allusion à la défense de la nature qui, comme toute quête désintéressée, n'est pas dans les cordes de notre personnage.

11. **commonplace** : *banal, commun, ordinaire*.

Eventually the booze got to my bladder and I had to take a piss. When I got back from the particularly disgusting toilets—why do members of my gender always have to mark the walls[1] with their urine? (answer: you lose aim when drunk), there was a woman seated on my bar stool. She couldn't have been more than thirty. Blonde. Pretty in a fading[2] cheerleader[3] sort of way. Great teeth. Great tits. With a body that would probably tilt into Rubenesque territory in a couple of years if she didn't watch herself. She was nursing[4] a Manhattan, and the first words I spoke to her were:

"Who the hell orders a Manhattan[5] in this dump?"

"I do" she said, not making eye contact with me.

"You must have hit hard times[6], drinking in a joint[7] like this."

"Do I have any business with you here?"

"You never know."

"Is that your idea of a pick up line?"

"Depends if you are trying to get picked up."

"Buzz off, Jack."

"The name's Charlie."

"That's a shit name."

"Charles Dickens[8] might disagree with you on that one."

"Did his friends call him Charlie?"

---

1. **mark the walls** : mot à mot *marquer les murs*.

2. **fading** : *qui perd de son éclat, passe, se décolore, se fane, baisse*. Moins fort que **faded**, *défraîchi, délavé ; déchu*.

3. **cheerleader** : *pom-pom girl* (!)

4. **to nurse (a drink)** : *faire durer un verre ; avoir en main un verre avant de le boire.*

Finalement, la bibine m'a rempli la vessie, et il a fallu que j'aille pisser. Quand je revins des toilettes particulièrement dégoutantes – pourquoi mes congénères mâles se croient-ils toujours obligés de marquer leur territoire avec leur urine ? (réponse : on vise mal quand on est bourré) –, il y avait une femme sur mon tabouret. Elle ne devait pas avoir plus de trente ans. Blonde. Jolie dans le genre majorette sur le retour. Belle dentition. Poitrine superbe. Avec un corps qui pencherait probablement vers une silhouette à la Rubens d'ici deux ou trois ans si elle ne se surveillait pas. Elle sirotait un Manhattan, et les premiers mots que je lui adressai furent :

— Qui diable commande un Manhattan dans ce bouge ?

— Moi, dit-elle, sans me regarder.

— Vous devez être dans la panade, pour venir boire dans ce genre de cambuse.

— J'ai quelque chose à voir avec vous ?

— On ne sait jamais.

— C'est ça votre idée d'une amorce de drague ?

— Tout dépend si vous vous tentez de vous faire lever.

— Casse-toi, Jack.

— Mon nom est Charlie.

— Quel nom à la con !

— Charles Dickens ne serait probablement pas d'accord là-dessus.

— Parce que ses amis l'appelaient Charlie ?

---

5. **Manhattan** : cocktail à base de whisky et de vermouth.

6. **to hit hard times** : *connaître une période difficile/une mauvaise période.*

7. **joint** : *boîte, restaurant, bistrot mal famé, tripot.*

8. **Charles Dickens** : écrivain anglais (1812-1870) dont le roman le plus fameux est ***David Copperfield***.

"I take your point[1]. Can I buy you another Manhattan?"

"I haven't finished this one. And as I already told you: buzz off."

"But say I don't want to buzz off?"

"Then I'll upgrade[2] my 'get lost' message to: 'Fuck off'".

"Maybe it's you who should buzz off, as you're sitting on my bar stool."

She started to stand up, saying: "I love a gentleman."

"And I'm just explaining why I'm standing here beside you."

"You mean, you don't want to be getting into my pants[3]?"

"Is that a proposition?"

For the first time she made eye contact with me. And shot me the smallest of smiles[4]: what I suppose could be called a Foxy[5] Lady Smile, if you like sounding like[6] a 1970s black pimp[7]. Her grin[8] had a slightly loopy quality to it—a hint that maybe she'd had more than one Manhattan before ending up in this Blarney Stone.

"You never know. But I might first have to send you to Charm School first."

"Hey, I'm always into Further Education[9]. You have a name, kiddo[10]?"

"It's Sherry."

---

1. **I take your point** : *je vois ce que vous voulez dire, je comprends.*

2. **to upgrade** : *améliorer, faire passer au niveau supérieur.* **To upgrade a passenger**, *surclasser un passager.*

3. **to get into my pants** : mot à mot *entrer dans ma culotte* ; formule vulgaire qui signifie clairement *avoir un rapport sexuel.*

4. **to shoot a smile** : *lancer, décocher un sourire.*

5. **foxy** : *rusé.* Foxy Lady, *femme/fille sexy* (à la fois attirante et sexy).

6. **to sound like** : notez la variété d'expressions anglaises correspondant

— Pas mal vu. Je vous paye un autre Manhattan ?
— Je n'ai pas fini celui-ci. Et je te l'ai déjà dit : barre-toi.
— Mais si je ne veux pas me barrer ?
— Alors je monte d'un cran : de « va te faire voir » à « va te faire foutre ».
— C'est sans doute vous qui devriez vous casser vu que vous êtes assise sur mon tabouret.

Elle commença à se lever, en disant :
— Ça, c'est d'un gentleman.
— Mais j'explique simplement pourquoi je suis debout à côté de vous.
— Vous voulez dire, vous ne voulez pas me mettre la main...
— C'est une proposition ?

Pour la première fois elle me regarda en face. Et m'adressa un tout petit sourire : ce qu'on pourrait, je crois, appeler le sourire de la nana à la coule, pour parler comme un souteneur noir des années soixante-dix. Son expression avait un côté mal assuré – une indication qu'elle avait peut-être bien bu plus d'un Manhattan avant d'atterrir au Blarney Stone.

— On ne sait jamais. Mais il faudrait que je vous fasse d'abord suivre des cours de bonnes manières.
— Hé, j'ai toujours été accroc à la formation continue. Vous avez un nom, fillette ?
— C'est Sherry.

---

au français *on dirait*, selon qu'il s'agit de *sons*, d'*odeurs*, de *goûts*, de *sensations* etc. : **it sounds/smells/tastes/feels like**...

7. **pimps** : *souteneur, maquereau, marlou*...

8. **grin** : le sens de ce mot va de *grimace, rictus*, à *large/grand sourire*. De même pour le verbe **to grin** : *grimacer ; sourire*.

9. **further education** : *enseignement post-scolaire ; formation continue*.

10. **kiddo** : *mon petit, ma petite*. Familier, de **kid**, *enfant, gamin, gamine*.

"Was your dad an alcoholic?"

"Actually he was."

"That makes two of us[1]. But mine didn't drink sherry."

"Nor did mine. Cheap Scotch was his drink."

"Then why didn't he name you Johnny Walker?"

"Because that's not cheap Scotch. And you're a shitty[2] comedian."

"Actually I'm a class act[3]."

"Then what are you doing in this dive?"

"Same thing you're doing. Getting drunk on the cheap. But we could get out of here."

"Is that a pick-up line?"

"Absolutely."

"And say[4] I said: 'take me out to dinner'? Your response would be...?"

"If that's the price for getting into your pants..."

"Asshole."

"Guilty as charged[5]. But the thing is, you want me to get into your pants. That's obvious."

"Who writes your lines? If I was you, I'd fire him."

"Tell you what. Say we cut to the chase[6]. We go back[7] to my place and..."

---

1. **that makes two of us** : *ça fait qu'on est deux dans le même cas*.

2. **shitty** : *de merde, dégueulasse, à chier, nul*.

3. **class act** : *numéro de classe* ; se dit aussi bien du numéro lui-même que de celui qui l'exécute.

4. **say** : selon contexte, pourra se traduire par *dites, dites donc, mettons, disons, par exemple* etc.

— Est-ce que ton père était alcoolique ?
— Il l'était, en effet.
— Ça fait qu'on est deux. Mais le mien ne buvait pas de xérès.
— Le mien non plus. Il carburait au whisky bas de gamme.
— Alors pourquoi ne t'a-t-il pas appelée Johnny Walker ?
— Parce que ça n'est pas du scotch bas de gamme. Et comme comique, t'es merdique.
— En fait, j'ai un super numéro.
— Alors qu'est-ce que tu fous dans ce bouge ?
— La même chose que toi. Je me pinte à bas coût. Mais on pourrait se tirer d'ici.
— Tu dis ça pour me draguer ?
— Exactement.
— Et si je te disais : « Emmène-moi dîner », ta réponse serait…
— Si c'est le prix à payer pour te mettre la main quelque part…
— Enfoiré !
— Je plaide coupable. Mais une chose est certaine, c'est que tu veux que je te mette la main aux fesses. C'est évident.
— Qui écrit ton texte ? À ta place, je le virerais.
— J'vais te dire. Si on allait droit au but ? On va chez moi, et…
— Il faut d'abord que je mange quelque chose.
— Alors il va falloir que je t'emmène dîner.

---

5. **guilty as charged** : formule juridique, *reconnu coupable des faits* (comme l'indique l'accusation).
6. **to cut to the chase** : *aller à l'essentiel, arrêter de tourner autour du pot.*
7. **we go back** : **to go back** ne signifie pas ici *retourner* – puisque les deux personnages ne sont pas déjà allés chez Charlie – mais s'oppose à l'idée d'aller ailleurs. Ceci dit, pour Charlie, il s'agit bien de *retourner* chez lui.

"I want to eat something first."

"So I am going to have to take you out to dinner."

"You can take me to a fucking[1] McDonald's, for all I care. The fact is, I decided several hours ago, when I started drowning my sorrows, that the first moderately presentable guy I met I'd proposition[2]. Not that you are in any way presentable. But you *are* here. You aren't totally blotto[3] yet. And I'm pretty certain you wouldn't say no to some action[4]. But you have to take me out to eat somewhere first. Is that a problem?"

"Do I look like a man with a problem?"

"Actually you look like a guy with around five thousand problems—despite the cocksure[5] exterior. You look like trouble[6]—and that's the sort of guy I always choose: Mr Trouble."

"And you don't exactly come across as The Flying Nun[7]."

"I just took the vows[8] last week. And when you're fucking me, if you call me Sister Teresa I promise to come like a choo-choo train[9]."

I stared at Shelly, rather bemused[10], my booze-raddled[11] brain posing the question: *did I actually hear her say that?* She seemed to read my mind as she said:

"Yeah, you heard that right. The thing about guys like you—you come across as all Mr. Master of the Universe, Mr. Permanent Hard On[12].

---

1. **fucking** : chez certains Américains, **fucking** (vulgaire, puisque venant de **to fuck**, *baiser*), est devenu un véritable tic de langage au sens de *sacré, foutu, putain de, bordel de, de merde*.

2. **to proposition** : *faire des propositions malhonnêtes*.

3. **blotto** : *complètement ivre, pété, bourré, pinté*. Peut-être de **blotted out**, *à l'esprit fumeux, confus*.

4. **some action** : *de l'action* ou *faut que ça bouge...* au sens sexuel du terme ; cf. la langue du **blues** du début du XXᵉ siècle : **give me some action** ; **I want to see some action** etc.

5. **cocksure** : *sûr de soi à l'excès, outrecuidant*.

6. **you look like trouble** : *tu as l'air/vous avez l'air de quelqu'un qui amène/apporte les problèmes/qui attire les emmerdes*.

— Tu peux m'emmener dans un foutu McDonald's, pour ce que j'en ai à faire. Ce qui se passe, c'est que j'ai décidé, il y a plusieurs heures, quand j'ai commencé à noyer mon chagrin, que je draguerais le premier mec à peu près présentable que je rencontrerais. C'est pas que tu sois le moins du monde présentable. Mais tu as l'avantage d'être ici. Tu n'es pas encore totalement torché. Et je suis sûre que tu ne serais pas contre un peu d'action. Mais il faut d'abord m'emmener dîner quelque part. Ça te pose problème ?

— J'ai l'air d'un mec qui a un problème ?

— À vrai dire, tu as l'air d'un gus qui a environ cinq mille problèmes – malgré ton air sûr de toi. Tu attires les ennuis – et c'est le genre de type que je choisis toujours : Monsieur La Poisse.

— Et toi, tu n'incarnes pas précisément mère Angélique.

— Je viens de prononcer mes vœux la semaine dernière et quand tu seras en train de me baiser, si tu m'appelles sœur Thérèse, je te promets de jouir comme une locomotive.

Je fixai Sherry, plutôt estomaqué, mon cerveau embrumé se posant la question : « Est-ce que j'ai bien entendu ça ? » Comme si elle avait lu dans mes pensées, elle enchaîna :

— Ouais, tu as bien entendu. Le problème avec les types comme toi, vous voulez passer pour le Maître de l'Univers, pour Monsieur Je Bande Tout le Temps.

---

7. **the Flying Nun** : *la bonne sœur volante*, toujours prête à voler au secours des malheureux. Il s'agit d'une série télévisée US qui eut un grand succès dans les années soixnte.

8. **to take the/one's vows** : *prononcer ses vœux, prendre le voile, entrer en religion.*

9. **choo choo train** : (langue enfantine) *train à vapeur*, chou chou évoquant le bruit de la locomotive. Mais en **slang** (*argot*), **a choo choo train** est aussi une *partouze* impliquant une seule femme et plusieurs hommes.

10. **bemused** : *perplexe, en état de confusion.*

11. **booze-raddled** : *rendu confus à force d'alcool* ; **raddled = fuddled**, *embrouillé, confus, désorienté, déconcerté.*

12. **hard on** : *érection* ; **to have a hard on**, *avoir une érection, bander.*

But when a woman steps outside of the box[1] and starts sounding like a guy, you immediately look all shocked and unnerved."

"I don't do shocked and unnerved[2]."

"Well, you're doing it now. And I'm hungry. So, are we getting out of here or what?"

Her tone was challenging—very much the sort of "I dare you to cross that line[3]" shit I spent so much of my childhood hearing in schoolyards. And as I was something of a wimp[4] back then—always picked upon[5], until I finally stood up to[6] one of these cretins and knocked two of his teeth by slamming the edge of a tennis racket into his mouth—I always raise my game whenever anyone challenges me. So I smiled at Shelly and said:

"Okay. I'll take you out to dinner. And as you told me you would be happy to eat at a fucking McDonald's, we're going to eat at a fucking McDonald's."

She glared[7] back at me and said: "Hey, I knew you were a classy guy the moment I set eyes on you."

She threw back her Manhattan and said:

"We're outta here, Charlie."

And linking[8] her arm with mine we made a beeline[9] for the street. Actually it was something of a slalom course[10], as we were both more than a little inebriated.

---

1. **box** : *boîte*, fait ici allusion au rôle que la société assigne aux femmes, au comportement qu'elles sont censées avoir.

2. **unnerved** : *troublé, perturbé, qui a perdu son sang-froid.*

3. **to cross the line** : *franchir la limite*, au sens propre comme au sens figuré. Notez que cette expression signifiait aussi *franchir l'équateur* et – pour un noir – *se faire passer pour blanc* ; de nos jours, est utilisée pour un homosexuel qui épouse une femme, ou une homosexuelle qui épouse un homme.

4. **a wimp** : *une mauviette, une poule mouillée, un/e dégonflé/e.*

5. **to pick upon someone** : *s'en prendre à quelqu'un, harceler quelqu'un.*

Mais quand une femme sort de son coin et se met à parler comme un mec, vous voilà tous choqués et déstabilisés.

— Choqué et déstabilisé, c'est pas mon truc.

— Tu l'es pourtant maintenant. Et puis j'ai faim. Alors on se tire d'ici, ou quoi ?

Elle avait un ton de défi – tout à fait le genre « je parie que t'oses pas le faire », cette connerie que j'ai entendue tant de fois à la récré pendant mon enfance. Et comme j'étais plutôt trouillard à l'époque, j'étais l'éternel souffre-douleur jusqu'à ce que je tienne tête à un de ces crétins et que je lui casse deux dents en lui flanquant le bord d'une raquette de tennis dans la tronche – je hausse toujours mon niveau de jeu quand on me provoque. Alors je souris à Sherry en lui disant :

— OK. Je t'emmène dîner. Et comme tu m'as dit que tu n'avais rien contre un foutu McDonald's, on va aller dîner dans un foutu McDonald's..

Elle me fusilla du regard en me disant :

— Oh, j'ai su que tu avais la classe dès que je t'ai vu.

Elle vida son Manhattan en disant :

— On se casse, Charlie..

Elle glissa son bras sous le mien et nous mîmes le cap sur la rue. À vrai dire, ça tenait de plus en plus du slalom, vu qu'on était tous les deux plus qu'un peu imbibés.

---

6. **to stand up to** : *résister à, affronter* ; **it does not stand up to analysis**, *ça ne résiste pas à l'analyse.*

7. **to glare** : 1. *lancer un regard furieux, furibond, irrité.* 2. (lumière) *être éblouissant.*

8. **to link** : *relier, établir un lien* ; **to link arms**, *se donner le bras.*

9. **to make a beeline for** : *se diriger en droite ligne vers* ; cf. **in a beeline**, *à vol d'oiseau* (**bee** : *abeille*).

10. **slalom course** : *parcours de slalom.*

Once we were on the street, Sherry's cell phone began to ring. She dug it out[1] of the little bag she carried—a bag which matched[2] the tight red dress that hugged[3] her like a straight jacket[4]. She flipped open[5] the phone and said:

"Whaddya want?... that's right, Lower Manhattan... what am I doing now?... what are you, my fucking father?... Heading off[6] to Jersey, ok?... That's right, home... and I am sick of[7] you treating me like a fucking adolescent... ok then, get on a plane from fucking Vegas and come home and try to beat the shit outta me again... this time, I'll do something sweet like throw acid in your face... you too, asshole."

And she snapped the phone shut[8].

"That sounded like a loving exchange" I said.

"He's a fucking 'creep[9]'."

"You speak of whom?"

"My worthless[10] piece of shit husband."

My inebriation left me for a moment—and I looked at her carefully.

"You're married?" I asked.

"Hey, you are one perceptive[11] guy. If I mention I have a husband, then I actually happen to be married."

I glanced at her left hand.

---

1. **to dig out** : *extraire, dénicher, déloger.*

2. **to match** : 1. *égaler, être l'égal de, être au niveau de.* 2. *être assorti, aller bien avec.*

3. **to hug** : *serrer* (dans ses bras), *étreindre, tenir* (fermement) *contre soi.*

4. **straight jacket** : *camisole de force.*

5. **to flip open** : *ouvrir d'un coup rapide* ; **open** indique le résultat de l'action – l'*ouverture* –, **flip** la manière – le *geste rapide.*

6. **to head off to** : *partir pour, se diriger vers, prendre la direction de.*

Une fois dans la rue, le portable de Sherry se mit à sonner. Elle le sortit du petit sac qu'elle avait à la main, un sac du même rouge que la robe fourreau qui la moulait comme une camisole. Elle ouvrit le portable et dit :

— Qu'est-ce que tu veux ?... c'est ça, Lower Manhattan... ce que je suis en train de faire ?... tu te prends pour mon putain de paternel ? Direction Jersey, OK. ?... c'est ça, la maison... et j'en ai marre que tu me traites comme une putain d'ado... OK. Alors, prends l'avion pour rentrer de ce putain de Las Vegas, et essaie encore de me flanquer une dérouillée... ce coup-ci, je te réserve une petite douceur, comme de te balancer de l'acide dans la gueule... toi aussi... connard.

Et elle claqua le portable pour le fermer.

— Ça avait l'air d'un dialogue d'amoureux, dis-je.
— C'est un putain de salopard.
— De qui tu parles ?
— De mon fumier d'enfoiré de mari.

J'émergeai un instant des brumes de l'alcool pour la dévisager attentivement.

— T'es mariée ? demandai-je.
— Houlà, t'es drôlement perspicace. Si je dis que j'ai un mari, il se trouve donc que je suis en effet mariée.

Je jetai un coup d'œil à sa main gauche.

---

7. **to be sick of** : *en avoir assez, par-dessus la tête, ras le bol/la casquette, ne plus supporter.*

8. **to snap shut** : *fermer avec un bruit sec* ; **to snap** : 1. *claquer* ; **to snap one's fingers**, *faire claquer ses doigts.* 2. *se casser net, se casser avec un bruit sec.*

9. **creep** : *sale type, fumier, ordure.*

10. **worthless** : *sans valeur, qui ne vaut rien* ; *bon à rien.*

11. **perceptive** : *pénétrant, subtil, clairvoyant, perspicace.*

It was ringless—though she did wear a big rock[1] on her right hand.

"So why no wedding band[2]?" I asked.

"I threw it at him and told him to shove[3] it up his ass when I found out he was cheating[4] on me with a pastry chef."

"Now that's a new one[5]. Tell me more."

"All will be revealed over dinner. But one thing: you've gotta let me choose the McDonald's."

"You mean, so your husband can show up and beat my brains in with a ball peen hammer[6]?"

"Don't go melodramatic on me, Charlie. And since you were listening in on[7] my phone call…"

"Hey, you go broadcasting[8] your life like that in stereophonic sound…"

"… then you know that the guy is currently at a convention[9] in Vegas. And since he is doing a big talk there—and also can't get enough[10] of the pastry chef[11] who's with him—I doubt[12] he's going to be coming home tonight with the avowed aim of killing you."

"Well, that's nice to know… as I really don't feel like a dose of grievous bodily harm[13] tonight."

She put her arm around me. And said:

---

1. **rock** : *roc*, (US) *caillou* ; familier pour *diamant* ; **rocks**, *quincaillerie* (fam. pour *diamants*).

2. **wedding band = wedding ring** : *anneau de marriage, alliance*.

3. **to shove** : *pousser, fourrer*.

4. **to cheat** : 1. *tricher*. 2. *tromper, duper, frauder, escroquer*. **To cheat on someone**, *tromper quelqu'un, être infidèle à quelqu'un*.

5. **now that's a new one** : *(en) voilà du nouveau*.

6. **ball peen hammer** : *marteau à panne bombée* ; la *panne* est la partie du marteau symétrique de la tête.

7. **to listen in on** : *écouter en douce, espionner*.

8. **to broadcast** : (radio, télé) *diffuser, émettre* ; *radiodiffuser, téléviser*.

Pas de bague – par contre elle portait un gros diam à la main droite.

— Alors, pourquoi pas d'alliance ? demandai-je.

— Je la lui ai jetée à la figure en lui disant qu'il se la carre dans l'oignon, quand j'ai découvert qu'il me trompait avec la pâtissière en chef.

— En voilà une bien bonne. Raconte-moi tout.

— Tu sauras tout au cours du dîner. Mais j'y tiens : c'est moi qui choisis le McDonald's.

— C'est ça, pour que ton mari s'y pointe pour me défoncer le crâne à coups de marteau ?

— Ne me fais pas ton mélo, Charlie. Et puisque t'écoutais pendant l'appel sur mon portable...

— Holà, tu te mets à raconter ta vie en stéréo...

— ... alors tu sais que le mec assiste à une convention à Las Vegas. Et comme il doit y faire une communication importante – et aussi qu'il veut y profiter au maximum de la pâtissière qui l'accompagne – ça m'étonnerait qu'il revienne ce soir dans le but avoué de te faire la peau.

— Bien, c'est bon à savoir... parce que j'ai pas vraiment envie de coups et blessures ce soir.

Elle m'entoura de son bras en disant :

---

9. **convention** : *convention, salon, congrès*.

10. **he can't get enough of** : *il ne se/s'en lasse pas, il en redemande*.

11. **Chef** en anglais n'a aucune valeur hiérarchique. Il désigne un(e) *cuisiner(ère) de métier* travaillant dans un restaurant. Un(e) **pastry chef** ne travaille donc pas dans une pâtisserie.

12. **doubt** : le **b** n'est pas prononcé si, comme ici, il suivi d'un **t** : [daʊt] (cf. **debt** [det]), ou précédé d'un **m** comme dans **comb** [kəʊm], *peigne*, **bomb** [bɒm], *bombe*, **tomb** [tuːm], *tombe*, **lamb** [læm], *agneau*, **limb** [lɪm], *membre*, etc.

13. **grievous bodily harm** : mot à mot *graves dommages corporels*, formule légale pour *coups et blessures* se dit aussi **assault and battery**.

"You mean, unless I'm administering it?"

"You really know the way to a guy's heart[1]."

She put her hand up. A cab—which happened to be parked on the street—suddenly revved up[2] its engines and slid[3] towards us.

"Just our luck—a cab awaits us" she said.

"Where we headed?"

"Like I said, the destination is my call[4]."

I opened the door of the taxi. It was like every New York cab these days—stinking of fast food and the driver's excessive body odour[5], with no legroom. As we climbed in I glanced at the driver's license. His name looked like something only a Kahzakstani could invent... or pronounce.

"You do New Jersey[6]?" Shelly asked him.

"I don't do Jersey" came the reply in an accent that hinted[7] English was very definitely his second language.

"Say I offered you a hundred bucks[8] to do Jersey? What would you say?"

"I'd say a hundred and fifty."

"One-two-five" she said. "Take it or leave it."

"Ok, I take it" the driver said—and Sherry then gave him some address just three miles from the Lincoln Tunnel[9].

"What the hell are we doing in Jersey?" I asked.

---

1. **heart** : attention à la prononciation [hɑːʳt] et non [hɜːʳt].

2. **to rev up** : rev, abréviation de **revolution**, *tour* (de moteur); *faire tourner, démarrer un moteur*; aussi *accélérer, emballer*. Cf. note 9, page 131 des notes de *Hit and Run*.

3. **to slide, slid, slid** : *glisser, faire glisser*; en général mouvement élégant et souvent lent.

4. **my call** : cf. l'expression **to call the tune**, *commander, donner les ordres, être le patron*.

— Tu veux dire, sauf si c'est moi qui suis à la manœuvre ?

— Tu sais vraiment comment toucher le cœur d'un homme.

Elle a levé le bras. Un taxi, qui se trouvait garé dans la rue, a démarré pour avancer jusqu'à nous.

— On a de la chance – un taxi nous attend, dit-elle.

— On va où ?

— Comme je l'ai dit, c'est moi qui décide.

J'ai ouvert la portière du taxi. C'était comme tous les taxis de New York de nos jours – ça puait le fast-food et la sueur surabondante du chauffeur, et il n'y avait pas la place d'allonger les jambes. En montant à bord, j'ai jeté un œil sur le permis du chauffeur. Il avait un nom que seul un habitant du Kazakhstan pourrait inventer… ou prononcer.

— Vous faites le New Jersey ? a questionné Shelley.

— J'fais pas le New Jersey, répliqua-t-il avec un accent qui indiquait que l'anglais n'était bien que sa seconde langue.

— Et si je vous offrais cent dollars pour faire Jersey ? Vous diriez quoi ?

— J'dirais cent cinquante.

— Cent vingt-cinq, dit-elle. À prendre ou à laisser.

— OK, je prends, dit le chauffeur.

Sherry lui donna alors une adresse.

— Juste à trois milles du Lincoln Tunnel.

— Qu'est-ce qu'on va bien foutre à Jersey ? demandai-je.

---

5. **body odour** : *odeur(s) corporelle(s)* ; souvent abrégé en **b.o.(s)**.
6. **you do New Jersey?** : à rapprocher du français *Vous faites la banlieue ?*
7. **to hint** : *insinuer, laisser supposer, laisser entendre, donner à penser* ; **to hint at something**, *faire allusion à quelque chose*.
8. **buck** : familier fréquent pour **dollar**, *dollar, pièce d'un dollar* ; **to make a few bucks**, *se faire un peu d'argent*.
9. **Lincoln Tunnel** : cette artère passe sous l'Hudson pour relier l'île de Manhattan (New-York) à l'État contigu du New Jersey.

"We're grabbing[1] a Big Mac and a shake, then heading off to a Holiday Inn near Newark Airport."

"But I got an apartment here in the city."

"And I told you: this is my party[2] and I am calling the shots[3]."

"But if you husband finds out…"

"You deaf or something? Sal is in Vegas."

"You're married to a guy named Sal?"

"That is the asshole's name."

"But if he's in Vegas, why do we have to go to New Jersey?"

"Because I know Sal will call the house at around midnight tonight, wanting to know where I am. What is it now? Eight? That gives us time for a candlelit dinner at Mc D's, then a quick dash[4] to the Holiday Inn, where we can do the business for around three hours. I gotta be on my way[5] by eleven-thirty tops[6], as I live in Short Hills… which is about thirty minutes from the airport. So as long as I'm in a cab no later than eleven thirty…

"You really have all this worked out[7], don't you[8]?"

"You cheat on a guy named Sal, you got to cover your ass[9]."

I was going to say something about this being a poor choice of metaphor, but was preoccupied with trying to put my hand up[10] Sherry's skirt. She firmly removed it, saying:

---

1. **to grab** : 1. *saisir, arracher.* 2. *prendre rapidement, avaler, prendre au vol.*

2. **party** : *réception, fête, soirée, cocktail, pot.* **To throw a party**, *organiser une soirée, donner une fête.*

3. **to call the shots** : cf. **to call the tune** (ci-dessus), *être le patron, décider, diriger.*

4. **dash** : *ruée, élan, mouvement vers l'avant.* **To make a dash for**, *se précipiter vers/sur.* **To dash** 1. *jeter violemment ; casser, briser.* 2. *se précipiter, se ruer, foncer.*

5. **to be on one's way** : *se mettre en route, partir.* **I must be on my way**, *je dois partir, il faut que je parte.*

— On s'avale un Big Mac et un milkshake, et en route pour un Holiday Inn près de l'aéroport de Newark.

— Mais j'ai un appartement ici en ville.

— Je te l'ai déjà dit : c'est ma soirée et c'est moi qui mène la barque.

— Mais si ton mari découvre que...

— T'es sourd ou quoi ? Sal est à Las Vegas.

— T'es mariée à un mec qui s'appelle Sal ?

— C'est le nom de cet enfoiré.

— Mais s'il est à Vegas, pourquoi faut-il qu'on aille dans le New Jersey ?

— Parce que je sais que Sal va appeler à la maison ce soir vers minuit pour savoir où je suis. Quelle heure il est ? Huit heures ? Ça nous donne le temps pour un dîner aux chandelles au Mac Do, après quoi on fonce à l'Holiday Inn, où on peut s'activer pendant environ trois heures. Faut que je lève le camp à onze heures trente au plus tard, comme j'habite à Short Hills... qui est à une demi-heure à peu près de l'aéroport. Alors tant que je suis dans un taxi pas plus tard que onze heures trente...

— T'as bien calculé tout ça, je vois ?

— Si tu trompes un mec qui s'appelle Sal, t'as intérêt à couvrir tes arrières.

J'allais faire remarquer que la métaphore était mal choisie, mais j'étais trop occupé à essayer de glisser ma main sous la jupe de Sherry. Elle l'a fermement repoussée, en disant :

---

6. **tops** : *at a top estimate, au plus, maximum.*

7. **to work out** : *calculer, combiner, mettre au point, concevoir, prévoir.*

8. **don't you** : reprend **have** qui n'est pas ici l'auxiliaire – il serait alors repris par **haven't you** –, mais le verbe **to have** : *avoir, détenir, posséder* qui, comme tout autre verbe, peut être repris par **don't you**.

9. **cover your ass** : m. à m. couvre/protège ton cul ; pourrait se traduire par *fais gaffe à ton cul*.

10. **put... up** : à la différence du français, l'expression anglaise évoque le mouvement de la main qui monte (**up**, *vers le haut*).

"Are you always so instantly aggressive?"
"Absolutely. It's my trademark[1]."
"Which makes you about as subtle[2] as a car crash."
"Well, if it's a three car pile up[3] you want…"

At which point I was all over her. I can't say that I won many points[4] for nuanced sensuality—as that sort of thing goes down the toilet when you're drunk and in the back of a cab heading for a tryst[5] near Newark Airport with a *just this side of*[6] *a hooker*[7] woman who's married to some guy with a mafia name. Still, though she deflected me from going anywhere near her crotch, she didn't stop me from slobbering[8] all over her. Not that she was unenthusiastic about all this. Then again she too was sloshed. And from my experience there is a certain moment in alcoholic intake[9] when you cross the frontier of sense and sensibility[10], and think nothing about making a pass at[11] a fire hydrant.

As I was trying to touch Sherry's tonsils with my tongue I didn't notice our plunge into the bowels[12] of the Lincoln Tunnel. Nor did I take in our arrival in scenic[13] New Jersey—specifically, the outskirts[14] of a town called Secaucus;

---

1. **trademark** : 1. *marque de fabrique*. 2. *caractéristique*.
2. **subtle** : le **b** n'est pas prononcé : [sʌtl].
3. **pile up** : *carambolage*.
4. **to win many points** : *gagner beaucoup de points, mériter une bonne note*.
5. **tryst** : *rendez-vous galant*.
6. **just this side of** : *qui n'est pas tout à fait, pas loin d'être*.
7. **hooker** : *prostituée*.
8. **to slobber** : *baver*; (chien) *donner des coups de langue*. 2. *s'attendrir/s'extasier à l'excès*.
9. **intake** : *consommation, quantité absorbée*; signifie aussi *nombre des admissions dans une université*.

— T'es toujours aussi rapide ?
— Absolument. C'est ma marque.
— Ce qui te rend à peu près aussi subtil qu'un accident de voiture.
— Hé, si c'est une triple collision que tu cherches...

À ce stade je me vautrais déjà sur elle. Je ne peux pas dire que je faisais preuve d'une sensualité délicate – car tout ça s'évacue aux chiottes quand t'es soûl et à l'arrière d'un taxi en route pour un rendez-vous d'amour près de l'aéroport de Newark, avec *une semi-pute* mariée à un mec au nom mafieux. Pourtant, même si elle m'interdisait l'approche de son entrecuisse, elle ne m'empêchait pas de lui baver dessus. Ce n'est pas qu'elle était hostile à tout ça. Il faut bien dire qu'elle aussi était bourrée. Et dans mon expérience, il y a un certain moment dans l'imbibition alcoolique où on franchit la frontière entre bon sens et sensibilité, et où on n'hésite plus à faire des avances à une bouche d'incendie.

Comme je tentai d'atteindre les amygdales de Sherry avec ma langue, je ne pris pas conscience de notre plongée dans les entrailles du Lincoln Tunnel. Ni de notre arrivée dans le New Jersey pittoresque, plus précisément dans les faubourgs d'une cité nommée Secaucus ;

---

10. **sense and sensibility** : *le bon sens et la sensibilité*. C'est le titre d'un des romans les plus célèbres de la littérature anglaise, paru en 1811 ; traduit en français *Raison et Sentiments*, le premier roman publié par Jane Austen.
11. **to make a pass at** : *essayer de peloter*.
12. **bowels** : *intestins, boyaux* ; **the bowels of the earth**, *les entrailles de la terre*.
13. **scenic** : *pittoresque, touristique*.
14. **outskirts** : à propos d'une ville, *abords, zone limitrophe*.

a burgh[1] that could be charitably called a dive, as I had made several excursions there during my nose candy[2] days when I knew a lunatic[3] dealer based in this nowhere[4] spot. He was a Haitian with a speech impediment[5] and a voodoo doll collection. But he was also somehow[6] hooked on[7] Broadway musicals and always had Ethel Merman blaring[8] at full volume whenever I came by to score a couple of grams. No wonder coke is the great moron[9] drug of all time. Not only does it rot your nasal passages and decimate your finances; it also turns a French speaking refugee from a Carribean hellhole[10] into a fan of *Annie Get Your Gun*[11].

But I digress.

Secaucus, New Jersey: the Paradise Lost of the Jersey swamplands. And as we approached a gasoline alley—though, come to think of it, every corner of Jersey looked to me like one long fast food shithole—there, up ahead, were the Golden Arches[12] of the Secaucus McDonald's. Sherry—deep in embrace with me, with her hand inside my fly (hey, I wasn't complaining)—must have caught sight of the hallucinogenic yellow-orange glow of the arches out of the corner of her eye, as she pushed me off her for a moment and said:

---

1. **burgh** : mot d'origine écossaise (cf. **Edinburgh**) signifiant *ville fortifiée*. Employé au sens de *petite ville* en argot américain, souvent, comme ici, par dérision ou de façon méprisante.

2. **nose candy** : (argot ou fam.) *cocaïne* ou *héroïne*.

3. **lunatic** : *fou, dément, aliéné, cinglé* ; cf. **lunatic asylum**, *asile d'aliénés*.

4. **nowhere** : *nulle part* ; **out of nowhere**, (sorti) *de nulle part*.

5. **speech impediment** : *défaut d'élocution* ; **impediment**, *empêchement*.

6. **somehow** : *en quelque sorte*.

7. **to be hooked on** : *dépendant de, accro à, fana de, dingue de*. **To hook**, *accrocher* ; **a hook**, *un crochet, un hameçon*.

un bled qu'on pourrait charitablement appeler un trou, et où j'avais fait quelques excursions du temps de mes années de sniff, comme je connaissais un dealer déjanté basé dans ce coin perdu. C'était un Haïtien affecté d'un bégaiement et possédant une collection de poupées vaudou. Mais qui était aussi, curieusement, accro aux comédies musicales de Broadway et faisait brailler Ethel Merman à plein volume chaque fois que je passais me procurer quelques grammes. Pas étonnant que la coke soit la drogue la plus abrutissante de tous les temps. Non seulement ça vous pourrit les fosses nasales et vous assèche vos finances ; ça vous transforme aussi un réfugié francophone du tréfonds des Caraïbes en fan d'*Annie Get Your Gun*.

Mais je m'égare.

Secaucus, New Jersey : le Paradis perdu des marécages du Jersey. Et comme nous approchions d'une alignée de stations-service – bien que, quand j'y pense, chaque recoin du New Jersey me semble être une succession de fastfoods pourris – là, droit devant, se dressaient les Arches dorées du McDonald de Secaucus. Sherry, qui se pressait contre moi, la main dans ma braguette (ah ! j'allais pas me plaindre), a dû apercevoir du coin de l'œil l'éclat jaune orangé hallucinogène des arches, car elle me repoussa momentanément pour dire :

---

8. **to blare** : *beugler, claironner, retentir* ; **to blare at full volume**, *gueuler à fond la caisse.*

9. **moron** : *crétin, idiot, débile.*

10. **hellhole** : 1. *bouge.* 2. *lieu torride et surpeuplé.*

11. *Annie Get your Gun* : célèbre comédie musicale américaine d'Irving Berlin racontant la vie d'Annie Oakley, tireuse d'élite du cirque de Buffalo Bill (1860-1926).

12. **Golden Arches** : *Arches dorées*, à l'entrée de Mac Donald's ; symbole publicitaire et logo de la marque. À l'origine, symbolisait l'entrée du paradis.

"We're here, Bud[1]."

The cabbie grunted something in Kazisk[2] or whatever they scream[3] at each other in all those countries named Stan. We pulled up in front of the McDonald's and the guy said:

"One-twenty-five."

"Pay the man" Sherry said.

"No way" I said.

"You expect me to put out[4] for you *and* pay for the fucking taxi. Forget about it."

"If we had gone back to my place..."

"You're Mr Cheap Ass, aren't you? Figure you can score[5] a little pussy[6] without putting your hand on your wallet. Next thing you tell me, you'll be wanting me to pay for my Quarter Pounder[7] with Cheese."

"All right, all right" I said, pulling out my wallet and handing over two fifties and a twenty[8] to Mr Burkah Tribesman[9]. "Here's the goddamn cab fare[10]."

I opened the door. The cabbie shouted

"You no tip me."

"After you charging me one-twenty for a trip across the river? No way, Abdullah."

---

1. **Bud**, **Buddy**, **Buddie** : *mon pote* ; **buddy**, *pote*, *copain*.

2. **Kazisk** : l'adjectif normal est **Kazakh**, mais **Kazisk** est à la fois plus exotique et plus méprisant.

3. **to scream** : *hurler*, *crier*.

4. **to put out** = **to offer oneself for sex** ; (vulgaire) *accepter de se faire tringl*er.

5. **to score** : 1. *marquer* (points, buts). 2. *remporter un succès* : **to score a hit**. 3. (drogue, sexe) *acheter*, *se procurer*, *se procurer*.

6. **pussy** : *minou*, *chatte*, *minette*.

— On y est, chef.

Le chauffeur a grommelé quelque chose en kazakh ou dans le sabir qu'ils éructent dans tous ces pays en -stan. On s'est arrêté devant le MacDo et le mec a dit :

— Cent vingt-cinq.

— Paye-le, a dit Sherry.

— Pas question, j'ai répondu.

— Tu crois que je vais me laisser sauter et *qu'en plus* je dois payer pour le foutu taxi ? Oublie ça.

— Si on était allés chez moi...

— T'es Monsieur le Radin Merdique, pas vrai ? Tu crois que tu peux te payer une partie de jambes en l'air sans mettre la main au portefeuille. Tu vas bientôt me dire qu'il faut que je paie mon cheeseburger.

— D'accord, d'accord, ai-je dit en sortant mon portefeuille et en tendant deux billets de cinquante et un de vingt à Monsieur Burkah le Nomade. Voilà pour la putain de course.

J'ouvris la porte. Le chauffeur a crié :

— Toi pas donné pourboire.

— Après m'avoir pris cent vingt dollars pour traverser le fleuve ? Pas question, Abdullah.

---

7. **quarter pound** : hamburger comprenant un steak haché d'environ *110 grammes* (un quart de livre).

8. **two fifties and a twenty** : notez que le prix proposé au départ était **125 dollars** et non, comme ici, **120 dollars**.

9. **tribesman** : *membre de la tribu*.

10. **fare** : *tarif, prix du billet, prix de l'entrée, prix de la course* ; *passager/client d'un taxi* ; signifie aussi *nourriture* et, par extension, *menu, programme*.

"My name not Abdullah, you cheap ass."

"Hey, glad to hear you're mimicking[1] my friend here. Maybe she can also give you elocution lessons. Teach you to talk New Jersey."

"Fuck you, clownie[2]."

"Big vocabulary you got there, Chief. See you at your deportation hearing."

And we were out the door[3]. "Are you always such a polite customer?" Sherry asked.

"Absolutely."

"You're some kind of business honcho[4], right?"

"My, my, you are one perceptive woman."

"A shark is a shark."

"And you ain't[5] no barracuda."

"You got that one right, chum[6]. Think they do candlelight in this joint?"

"Yeah—and they have their own sitar player, playing Ravi Shankar[7] favourites. It's that kind of joint."

"You're a goon[8]."

"So everyone tells me."

We went inside—and immediately that McDonald's smell enveloped my nostrils: an aroma of sanitary cleaner intermingled with processed beef. I love McDonald's.

---

1. **to mimic** : *imiter, singer, reproduire* ; *contrefaire*.

2. **clownie** : *clown, bouffon, pitre* ; *imbécile* ; forme familière de **clown**.

3. **out the door** = (fam.) **out of the door** : *dehors, à l'extérieur*.

4. **honcho** : *patron, chef,* « *boss* ». Mot d'origine japonaise importé aux États-Unis après la guerre de Corée (juin 1950-juillet 1953).

5. **ain't** = **are not** : notez la double négation **ain't no** fréquente dans la langue populaire. L'anglais correct grammaticalement voudrait **you are not** (ou **you aren't**) **a barracuda**, mais la formule serait moins percutante.

— Mon nom pas Abdullah, toi connard radin.

— Hé, content de voir que tu singes mon amie ici présente. Peut-être qu'elle peut aussi te donner des leçons d'élocution. T'apprendre à parler le New Jersey.

— Va chier, bouffon.

— Tu emploies un riche vocabulaire, Grand Chef. Je te reverrai à l'audience de ton expulsion.

Nous étions sortis du taxi.

— Es-tu toujours aussi poli, comme client ? demanda Sherry.

— Absolument.

— T'es une sorte de grand patron, pas vrai ?

— Oh la là ! En voilà une femme perspicace.

— Un requin est un requin.

— Et tu n'es pas un barracuda.

— Là t'as pas tort, mon pote. Tu crois qu'ils font les dîners aux chandelles, dans ce rade ?

— Oui – et ils ont leur propre joueur de sitar qui connaît les tubes de Ravi Shankar. C'est ce genre de tôle.

— Tu es un crétin.

— C'est ce que tout le monde me dit.

Nous entrâmes, et immédiatement l'odeur typique des McDonald's pénétra nos narines, un arôme de détergent sanitaire mêlé à celui du bœuf industriel. J'adore les McDonald's.

---

6. **chum** : *copain, copine*.

7. **Ravi Shankar** (1920-2012) : compositeur et joueur de sitar indien, qui eut une grande influence sur certains musiciens de jazz et de pop. Le sitar est un instrument à corde pincée caractéristique de l'Inde.

8. **goon** : 1. *idiot, imbécile.* 2. *homme de main.*

I love its democratic, lowest-common-denominator sensibility. I love that it makes no excuses for itself[1]. This is the land of no-frills[2]; of succour for those who can't afford[3] the epicurean and the upscale; who just want to fill up on something cheap and not particularly good for your digestive system. But the food kind of[4] works in a Cheap Fix[5] way. You gorge on a Big Mac and a chocolate shake—and you get this synthetic buzz[6]. Manufactured[7] Satisfaction—which, unless you happen to be some class of a pantheist[8], is the only satisfaction there is. It doesn't matter if the majority of people here tonight looked as if life had somehow let them down[9]. Here, at McDonald's, we were all part of some Hogarthian[10] floor show[11].

The hollowed-eyed[12], the sweaty, the perpetually acned, the circumferentially challenged[13]. All those lives. All those stories. And as I glanced around at my fellow customers, the would-be[14] writer in me took over[15]. The corpulent salesman who hocks[16] shower curtain rings and is banging[17] some semi-dwarf bookkeeper in a Motel 6 every Tuesday and Thursday between five and six-thirty. The trucker whose wife has just run off with a Latino evangelist named Jesus.

---

1. **to make excuses for oneself** : (*tenter de*) *se justifier*.

2. **no frills** : *sans fioritures, réduit à l'essentiel, sans chichis*.

3. **to afford** : *se permettre, avoir les moyens de, pouvoir se payer/s'offrir*; **I can't afford it,** *je ne peux pas me le permettre, c'est trop cher pour* moi.

4. **kind of** : s'emploie en langue familière au sens de **rather,** *plutôt, en quelque sorte.*

5. **fix** : *tout ce qui satisfait une envie*, en particulier dans le domaine de la nourriture et... de la drogue.

6. **buzz** : 1. *bourdonnement* (insectes etc.). 2. (fam.) *coup de téléphone*. 3. *sentiment de satisfaction, plaisir intense, super-pied.* 4. **the buzz,** *la rumeur.*

7. **manufactured** : *fabriqué*; (ici) donne une impression d'artificialité.

8. **pantheist** : adepte du panthéisme, doctrine métaphysique selon laquelle Dieu est l'unité du monde et se manifeste dans toute la nature.

J'adore leur approche démocratique, celle du plus petit dénominateur commun. J'adore qu'ils ne cherchent pas à être autre chose que ce qu'ils sont. C'est le royaume du basique, le refuge de ceux qui ne peuvent se payer l'épicurien et le haut de gamme, qui veulent seulement se remplir avec quelque chose de pas cher et de pas particulièrement bon pour leur système digestif. Mais la nourriture y opère comme une drogue à bon marché. Vous vous gavez d'un Big Mac et d'un milkshake au chocolat, et vous obtenez ce bien-être synthétique. La Satisfaction Préfabriquée qui, à moins que vous soyez adepte d'une forme de panthéisme, est la seule satisfaction qui soit ! Peu importe si la majorité des clients de ce soir avait plus ou moins l'air de laissés pour compte de la société. Ici, dans ce McDonald's même, nous faisions tous partie d'une sorte de tableau à la Hogarth.

Ceux aux yeux cernés, les pue-la-sueur, les boutonneux chroniques, les obèses. Toutes ces vies. Toutes ces histoires. Et la vue des clients alentour réveillait l'écrivain qui sommeille en moi. Le représentant corpulent qui essaie de placer ses anneaux de rideaux de douche et saute une comptable à demi-naine dans un Motel 6 tous les mardis et jeudis de cinq heures à six heures et demie. Le routier dont la femme vient de le quitter pour un évangéliste latino prénommé Jésus.

---

9. **to let down** : *laisser tomber*.

10. **Hogarthian** : de **William Hogarth** (1697-1764), *peintre anglais, influencé par la peinture hollandaise, auteur de scènes de mœurs satiriques.*

11. **floor show** : *spectacle de variétés/de cabaret/attractions*.

12. **hollowed eyes** : *aux yeux creux*.

13. **circumferentially challenged** : *censé être la forme politiquement correcte pour désigner une* personne obèse ; **to challenge** : *défier, mettre au défi*.

14. **would be** : *en puissance, qui se veut ; prétendu*.

15. **to take over** : *prendre le contrôle/la direction/le dessus*.

16. **to hock** : *mettre au clou, au mont-de-piété, chez ma tante* ; (ici) *tenter de vendre*.

17. **to bang** : (*vulgaire*) *baiser, sauter, tirer, tringler* etc.

The elderly woman who walks here every day from the crappy[1] convenience[2] apartment she calls home and counts out every penny as she pays for a hamburger and coke and wonders why her lawyer son down in Florida won't send her a couple hundred bucks a month to keep her rent paid. The junkie[3] who is wondering whether a quick bag snatch[4] might just finance his next nickle bag[5]. The harassed parents with the two screaming brats[6] who keep throwing their Chicken Mc Nuggets on the floor and demanding the crap plastic toy they're handing out this month. And a drunken embezzler and the equally drunk, very blonde popsie[7] he's just picked up in a bad Irish bar...

As instructed I popped[8] for dinner: two quarter-pounders with cheese, two chocolate shakes, two fries. And being such a sport[9] I let them Super Size Me.

We sat in a corner table, right near a blow up photograph of Ronald McDonald.

"I hear Michael Jackson had a thing with Ronald" I said

"Reagan[10] or McDonald?"

"The latter—though they may also have had a threesome with Jackson's chimp."

"Don't speak ill of the dead."

"But he's not dead. He's up there cruising[11] the under-thirteen angels"

---

1. **crappy** : *miteux, minable, crade, cradingue, merdique.*
2. **convenience/efficiency apartment** : *studio meublé.*
3. **junkie** : *toxicomane, toxico*; signifie aussi *fanatique, accro, mordu*; **a TV junkie**, *un drogué de télé.*
4. **snatch** : geste vif pour *saisir/s'emparer* de quelque chose. **To snatch** : *saisir, arracher, dérober.*
5. **nickle bag** (ou **nickel bag**) : *paquet de marijuana, d'héroïne ou de cocaïne* valant 5 dollars.
6. **brat** : *gosse, môme*; **brats**, *marmaille.*

La femme âgée qui vient à pied chaque jour depuis son meublé miteux qu'elle appelle son chez-soi compte chaque sou pour payer son hamburger et son coca et se demande pourquoi son avocat de fils, là-bas en Floride, ne lui envoie pas les deux cents dollars par mois qui assureraient son loyer. Le drogué qui se demande si un vol de sac à l'arrachée ne pourrait pas lui financer son prochain sachet de dope. Les parents débordés par les deux chiards déchaînés qui n'arrêtent pas de jeter par terre leurs Mac Nuggets de poulet en réclamant le minable jouet en plastique offert en cadeau du mois. Et un petit escroc aviné et la louloute ultra-blonde et également soûle qu'il a levée dans un bar irlandais glauque…

Comme c'était entendu, j'ai casqué pour le dîner : deux hamburgers grand format au fromage, deux milkshakes au chocolat, deux frites. Et, en grand seigneur, je les ai laissés me coller les Super Portions.

On était assis à une table de coin, tout près d'une photo géante de Ronald McDonald.

— J'ai entendu dire qu'il y avait quelque chose entre Michael Jackson et Ronald, dis-je.

— Reagan ou McDonald ?

— Le dernier – mais il se peut qu'ils aient fait une partie à trois avec le chimpanzé de Jackson.

— Ne dis pas de mal des morts.

— Mais il n'est pas mort. Il est là-haut à draguer les anges de moins de treize ans…

---

7. **popsie** : *souris, fille* (jeune et attirante). À l'origine, terme affectueux.
8. **to pop for** : *payer, raquer pour*. À l'origine, argot noir des années soixante.
9. **sport** : *brave type/fille, bon gars/mec, brave/bonne fille*.
10. **Ronald Reagan** (1911-2004), président des États-Unis d'Amérique de 1981 à 1989. Il eut pour vice-président George H.W. Bush qui lui succéda comme 41ᵉ président (1981-1989), et auquel succéda son fils, G.W. Bush, pour un double mandat également (1989-2007).
11. **to cruise** : 1. (navire) *croiser* ; *être en/faire une croisière*. 2. (voiture, avion) *rouler/voler à vitesse de croisière*. 3. *draguer en voiture*.

"May I ask you a pertinent question?"

"Be my guest[1]."

"Do you have Tourette's[2]? I mean, do you say anything that comes into that fucked-up head of yours?"

"You're married to a guy named Sal and you call me fucked up[3]."

"Sal is a very important guy."

"Important to whom? Don Giuseppe or some other made dude[4] like that?"

"Like I told you, he is not Mob[5]."

"He just treats you like shit."

"You have no idea. The guy lives for his work."

"Which is?"

"You mean, you've never heard of Salvatore Bonaventura?"

"Bizarrely, no."

"He just happens to be the biggest baker in New Jersey."

"I'll take your word for it[6]."

"He's a creep[7], a total self-centred creep. His life, it's his bakeries. All up-and-down the State. He gets up at four every morning. He's out the door. Next time I see him it's seven that night. He walks in the front door, he flops[8] into his barca-lounger. His fucking throne.

---

1. **be my guest** : mot à mot *soyez mon invité*; *je vous (y) invite*; d'où *à ton/votre aise, fais/faites comme chez toi/vous, je t'/vous en prie*.
2. **Tourette's** : *syndrome de Tourette*. Étudié par Gilles de la Tourette (1857-1904), médecin neurologue français, ce trouble neurologique se traduit par des tics et, chez certains adultes, l'émission incontrôlée d'insultes, de grossièretés, obscénités.
3. **fucked up** : (vulgaire) *perturbé, barjot, à la masse*.
4. **made dude** : a made man/guy/dude est un membre de la Mafia formellement intronisé. **Dude** : *type, mec*; **Hey, dude!** *Hé, mec!*

— Je peux te poser une question pertinente ?
— Je t'en prie.
— Est-ce que t'as la maladie de la Tourette ? Je veux dire, est-ce que tu dis tout ce qui te passe par la tête, ta foutue tête détraquée ?
— T'es mariée à un mec qui s'appelle Sal et tu dis que je suis barjot ?
— Sal est un type très important.
— Important pour qui ? Don Giuseppe ou un autre dignitaire de la mafia de ce genre ?
— Comme je te l'ai dit, il n'est pas de la mafia.
— C'est juste qu'il te traite comme de la merde.
— Tu n'as pas idée. Ce mec ne vit que pour son travail.
— À savoir ?
— Tu veux dire que tu n'as jamais entendu parler de Salvatore Bonaventura ?
— Bizarrement, non.
— Il se trouve simplement que c'est le plus gros boulanger du New Jersey.
— Je te crois sur parole.
— C'est une ordure, une ordure totalement égocentrique. Sa vie, c'est ses boulangeries. D'un bout à l'autre de l'État. Il se lève à quatre heures tous les matins, et il s'en va. Je ne le revois qu'à sept heures du soir. Dès qu'il a franchi la porte d'entrée, il s'affale dans son fauteuil réglable. Son putain de trône.

---

5. **the Mob** : *la Mafia* ; sans majuscule, **mob** signifie *foule* (en mouvement) ; **the mob**, *la populace*.

6. **I'll take your word for it** : *je te prends au mot, je te fais confiance*.

7. **a creep** : *un sale type, un con, un fumier*.

8. **to flop** : 1. *s'effondrer, s'affaler, se laisser tomber*. 2. (spectacle, communication) *faire un bide, un four, un fiasco* ; *rater, échouer*.

And he expects me to bring him his dinner to his throne. And he sits there every night, watching his Nascar[1] races and drinking two six-packs of beer and never saying a word to me and burping his way through his food and his twelve cans[2] of Michelob[3]. And every night—every fucking night—he pisses his pants. Did you hear me? *He pisses his pants*"

She said this last line at a very high decibel. But no one noticed. Then again, why would they? This was a McDonald's in Secaucus, New Jersey—a place, no doubt, where weird[4] repartee[5] was the norm.

"He really pisses his pants every night?" I asked.

"Like I said[6]: every fucking night."

"And you put up with[7] it?"

"I can't get out of the marriage."

"Everyone can get out of something."

"That's easy for you to say. Sal has told me he'd track me down anywhere and everywhere. 'You fuck off to Eskimo Land I'll have guys on dog sleds find you. You run off with some Towel Head 8 in Arab Land, I'll send in the Marines.'"

"Sal seems very well connected[9]."

"You have no idea what I've been through. Indentured[10] servitude.

---

1. **Nascar** = **National Association for Stock-Cars Auto Racing**. Dépassant cette appellation d'origine, **Nascar** couvre aujourd'hui toutes les grandes courses automobiles, qui font l'objet de retransmissions télévisées.
2. **cans** : *boîtes* (notamment de conserve) ; *bidons*.
3. **Michelob** : célèbre *marque de bière* U.S.
4. **weird** : *bizarre, étrange* ; *mystérieux, surnaturel*.
5. **repartee** : *repartie*.
6. **like I said** : américain pour **as I said**.

Et il faut que je lui porte son dîner jusqu'à son trône. Et il reste assis là tous les soirs à regarder ses courses de bagnoles en buvant ses deux packs de six bières, sans me dire un mot et en rotant pendant qu'il avale son repas et ses douze canettes de bière Michelob. Et tous les soirs, tous les putains de soir, il pisse dans son froc. Tu entends ? *Il pisse dans son froc.*

Elle prononça ces derniers mots en forçant sur les décibels. Mais personne n'y prêta attention. Mais pourquoi l'aurait-on fait ? On était dans un McDonald's à Secaucus New Jersey – un endroit où sans aucun doute les éclats de voix étranges étaient la norme.

— Il se pisse vraiment dessus tous les soirs ? demandai-je.

— Comme je te dis : tous les putains de soirs.

— Et tu acceptes ça ?

— Je ne peux pas me sortir de ce mariage.

— On arrive toujours à se sortir d'une situation.

— Facile à dire pour toi. Sal m'a dit que qu'il me pourchasserait partout et où que j'aille. « Tu te tires chez les Esquimaux, j'envoie des mecs en traîneaux pour te retrouver. Tu te barres chez les Arabes avec un enturbanné coiffé d'un chèche, je fais donner les Marines. »

— Sal semble avoir des relations ?

— Tu n'as pas idée de ce que j'ai subi. La servitude contractuelle.

---

7. **to put up with** : *tolérer, supporter*.

8. **Towel Head** : allusion au port de la chéchia ou du turban. **Towel** : *serviette* (de toilette), *torchon*.

9. **well-connected** : à l'origine, *apparenté* ou *allié* par le mariage à des *familles riches*, ou à des *personnages influents*. Le sens s'est élargi à *qui a des relations ou un carnet d'adresses*.

10. **indentured** : *lié par contrat*, notamment par contrat d'apprentissage.

I've no job, no bank account, no liberty. Every night he comes home and blocks my Mini in the driveway with his big Lexus SUV[1]. If I'm not home when he's home he busts[2] my lip[3]. And when he pisses himself he expects me to clean up after him. It's... just... too... much... to... bear... anymore."

She said this last sentence with the sort of cadences that made me doubt if I was the first person on whom this spiel[4] had been laid. And I didn't find the hint of Bette Davis[5] melodrama in her voice all that appealing[6]. Then again, we've all got our little story, right? The minor league[7] narrative that is our lives. It's the one and only currency[8] we can hold on to: the idea that what we are doing with our time on the planet actually adds up to[9] something significant... whereas the truth of the matter[10] is that we all tussle with[11] the emptiness of our endeavors[12] day in, day out[13]. All the shouting and roaring and the stress and the striving[14] and the neediness and the ambitions and the getting and the spending and the fucking and the wanting and the fear. Especially the fear. The fear of being found out[15] and exposed[16] as the empty wanting creature that you know you are. And whatever veneer[17] you present to the world—the hotshot[18], the uber-confident, the man with all the answers—in private, you're just as unnerved and frightened as the rest of so-called humanity.

---

1. **S.U.V.** = **Sport Utility Vehicle**, m. à m. *véhicule de sport et de service*.
2. **to bust** : familier pour **burst**, *casser, briser, faire éclater*.
3. **lip** : *lèvre* ; le singulier **lip** désigne parfois *les deux lèvres*.
4. **spiel** : *laïus, baratin*.
5. **Bette Davis** : actrice américaine (1908-1989), grande star de l'âge d'or du cinéma, surnommée la Reine d'Hollywood. Plus de 200 films, 2 Oscars.
6. **appealing** : *émouvant, attendrissant, implorant* ; *attirant, attachant*.
7. **Minor league** : (sports) *deuxième division*.
8. **currency** : *monaie, devise* ; *ce qui a cours*.
9. **to add up to** : *s'élever à, (se) monter à* ; *signifier, se résumer à*. **To add up**, *additioner*.

J'ai pas de métier, pas de compte en banque, pas de liberté. Quand il rentre chaque soir, il bloque ma Mini dans l'allée avec sa grosse Lexus. Et si je ne suis pas à la maison à son retour, il me défonce les lèvres. Et quand il se pisse dessus, c'est à moi de le nettoyer. C'est... juste... trop... dur... à... supporter... plus longtemps.

Elle prononça cette dernière phrase avec le genre d'intonations qui me firent me demander si j'étais bien la première personne à qui elle servait ce laïus. Et je ne trouvais pas l'accent mélodramatique à la Bette Davis de sa voix si convaincant que ça. Malgré tout, on a tous notre petite histoire personnelle, pas vrai ? Le scénario médiocre de nos vies. C'est le seul viatique auquel on peut se raccrocher : l'idée que ce qu'on fait de notre temps sur cette planète constitue vraiment quelque chose d'important... alors que la réalité, c'est que jour après jour, nous passons notre temps à lutter contre la vanité de nos efforts. Tous ces cris, toutes ces clameurs, ce stress et ces tentatives, l'indigence et l'ambition, ce qu'on amasse et ce qu'on dépense, et le cul, et le besoin, et la peur. Surtout la peur. La peur d'être percé à jour et démasqué comme étant la pauvre créature vide que nous savons être. Et quelle que soit la façade que vous présentez au monde – le battant, le sûr de lui, l'omniscient – en privé vous êtes tout aussi perturbé et effrayé que le reste de ce qu'on appelle l'espèce humaine.

---

10. **the truth of the matter** : *la vérité.*
11. **to tussle with** : *se battre avec, lutter contre, être aux prises avec.*
12. **endeavor** (GB **endeavour**) : *effort, tentative.*
13. **day in, day out** : *jour après jour.*
14. **to strive, strove, striven** : *s'efforcer, faire des efforts, lutter.*
15. **to be found out** : *être démasqué, être découvert.*
16. **to expose** : *démasquer, dénoncer, révéler, mettre à nu, dévoiler.*
17. **veneer** : *vernis.*
18. **hotshot** : *personne brillante et dynamique* (souvent ironique).

Because you know that time spins forward with a vindictive propulsion and cares little for you or your immense internal conflicts. Especially as fifty, sixty years from now you will no longer be here, only to be replaced by a new cast of characters[1], all of whom are playing out the same dramas, the same scenarios. What was it a professor of Classics once told me in college? That the Greeks decided there were only ten basic human dramas in human history... and seven of those were Westerns.

And if you want to know what a shyster[2] like me was doing reading Greek[3]... well, who says a shyster can't learn a thing or two from Aeschylus[4]?... especially as the guy grappled[5] all the time with the way life has the way of always spilling over[6] into the tragic.

And isn't it amazing, the workings of the subconscious. Here I am—halfway through a Quarter Pounder with Cheese, listening to this Sherry babe sing her aria[7] about her incontinent baker husband—and I am simultaneously remembering how Aristotle[8] in his *Poetics* systematized tragedy and introduced such ideas as *anagnorisis*[9] (recognition) and *catharsis*[10] (the purging of pity).

Well, I was having an "*anagnorisis*" moment right now—

---

1. **cast of characters** : *distribution des rôles, liste de des personnages.*

2. **shyster** : 1. *escroc.* 2. *avocat véreux, avocat marron.*

3. **to read Greek** : cf. **to read law**, *faire son droit, étudier le droit, faire des études de droit.*

4. **Aeschylus** : *Eschyle* (525-456 B.C.) *fondateur de la tragédie grecque.*

5. **to grapple with** : *lutter contre, se débattre avec.*

6. **to spill over** : *déborder, se déverser, se répandre, envahir.*

7. **aria** : l'aria est un *solo vocal accompagné* ou un *morceau instrumental à caractère mélodique.*

8. **Aristotle** : *Aristote* (384-322 av. J.-C.), philosophe grec. Les textes

Car vous savez que le temps s'emballe dans sa course folle et se soucie fort peu de vous ou de vos immenses conflits intérieurs. D'autant plus que dans cinquante ou soixante ans, vous ne serez plus là, mais replacés sur la scène par d'autres personnages, tous acteurs des mêmes drames, des mêmes scénarios. Que m'avait donc dit un professeur de lettres classiques un jour à la fac ? Que les Grecs avaient décidé qu'il n'y avait que dix situations dramatiques de base affectant l'homme dans toute son histoire... et que sept d'entre elles figuraient dans les westerns.

Et si vous voulez savoir ce que faisait un escroc comme moi à étudier le grec... eh bien, qui a dit qu'un escroc ne peut pas apprendre une chose ou deux d'Eschyle... surtout que le mec se colletait tout le temps avec la façon dont la vie a l'art de toujours dégénérer en tragédie.

Étonnant, donc, le mode de fonctionnement du subconscient. Me voici en train d'ingurgiter un grand cheeseburger, en écoutant la môme Sherry chanter son aria sur son incontinent boulanger de mari – en même temps que je me souviens comment Aristote, dans sa *Poétique*, a théorisé la tragédie et introduit les concepts tels que l'*anagnorisis* (prise de conscience) et la *catharsis* (purgation des passions).

Eh bien, j'étais justement en train d'avoir une *anagnorisis* –

---

de ce « Prince des philosophes » eurent une grande influence sur toute la pensée occidentale.

9. **anagnorisis** : à l'origine, depuis la *Poétique* d'Aristote, signifie *reconnaissance* dans le langage du théâtre ou de la littérature à caractère oratoire ; il s'agit de la découverte de la véritable identité d'un personnage ou d'une situation.

10. **catharsis** : purgation ou purification des passions produites sur le spectateur par une représentation dramatique (tragédie). Ici encore l'origine s'en trouve dans la *Poétique*.

the recognition that I wanted to get the hell out of this McDonald's and into the nearest Holiday Inn with Sherry and lose myself for a few hours in the body of some other scared sentient[1] being, and see her off[2] in a taxi to her *goombah*[3] husband and collapse back on the bed and wake the following morning with the Gotterdammerung[4] of all hangovers, and wonder what my next move[5] might be... as right now I was a cleared[6] felon[7] with some funds stashed offshore and little lucidity about the next step, the next scam, to occupy the mind, fill the space, kill some more time.

Sherry seemed to be on my very same wavelength. Though I doubt if she was pondering[8] the Classics (but hey, maybe she had a secret Sappho[9] fetish[10]), her mind was clearly considering carnality, as she covered my hand with hers and said:

"I haven't had sex in two years."

"That's a long time to go without sex."

"Well, how could I—as Sal never lets me out of his sight[11]."

"Even when he's on the road all the time, making certain that the canneloni is up to snuff[12] in Paterson and Montclair."

"He doesn't do canneloni. That's the pastry chef's thing. The woman he's poking right now in some themed Cleopatra room at The Luxor in Vegas. I get to mop up[13] his piss;

---

1. **sentient** : *sensible, doué de sensation, de sensibilité.*

2. **to see someone off** : *dire au revoir à quelqu'un, raccompagner quelqu'un* (dehors, à la gare etc.)

3. **goombah** : italo-américain, *membre important de la Mafia.*

4. **Götterdammerung** : après *L'Or du Rhin, La Walkyrie, Siegfried, Le Crépuscule de Dieux* est la dernière partie de *L'Anneau des Nibelungen* (*Der Ring des Nibelungen*) du compositeur allemand Richard Wagner (1813-1883).

5. **move** : *mouvement, action, décision.*

6. **cleared** : *disculpé, innocenté.*

7. **felon** : cf. **felony**, *crime* (comme meurtre, incendie volontaire, vol à main armée, faux).

la conscience que je voulais me tirer à tout prix de ce Mac Do pour filer vers le Holiday Inn le plus proche avec Sherry, me perdre pour quelques heures dans le corps d'une créature humaine aussi mal dans sa peau que moi, et la renvoyer en taxi vers son *mafioso* de mari ; puis m'effondrer sur mon lit et me réveiller le matin suivant, avec une gueule de bois du tonnerre de dieu, et me demander ce que j'allais faire ensuite... compte tenu que j'étais un criminel acquitté avec quelques fonds planqués à l'étranger et sans grande idée de ce qu'allaient être mes prochaines dispositions, ma prochaine magouille, pour m'occuper l'esprit, remplir l'espace, continuer à tuer le temps.

Sherry semblait être sur la même longueur d'onde. Bien que je doute qu'elle soit en train de méditer sur les Classiques (mais après tout, peut-être avait-elle un penchant saphique secret) ses pensées s'orientaient clairement vers les plaisirs de la chair, car elle posa sa main sur la mienne en disant :

— Je n'ai pas fait l'amour depuis deux ans.

— Ça fait long pour se passer de sexe.

— Mais comment j'aurais pu, avec Sal qui n'arrête pas de me surveiller ?

— Même quand il est sur la route tout le temps, à vérifier que ses cannellonis sont bien à la hauteur, à Paterson et à Montclair ?

— Il ne s'occupe pas de cannellonis. C'est le boulot de la pâtissière en chef. La femme qu'il est en train de tringler, en ce moment même, dans la chambre au thème « Cléopâtre » du Louxor de Las Vegas. Moi, je suis bonne à lui éponger la pisse ;

---

8. **to ponder** : *réfléchir, peser, considérer, spéculer.*

9. **Sappho** ou **Sapho** : poétesse grecque vivant à Lesbos (vers 630-580 avant JC), exilée en Sicile. Ses affinités avec certaines de ses élèves firent scandale dès l'antiquité.

10. **fetish** : 1. *fétiche.* 2. *obsession, manie.*

11. **out of sight** : (il ne me laisse jamais) *hors de sa vue.*

12. **up to snuff** : *à la hauteur.*

13. **to mop up** : *essuyer, nettoyer, absorber ; éliminer* (ce qui reste).

Melody gets to sleep next to the slob[1] in a circular bed with a backdrop[2] of the fucking Sphinx on the wall."

"The pastry chef is actually called Melody?"

"No, she's really called Xylophone[3]..."

"After the Greek for Melody."

"I never knew that."

"Nor did I—as I just made it up."

"Like you make everything up."

She now glanced at her watch.

"You finishing up[4] that Quarter Pounder? Time isn't exactly a

big commodity[5] of mine right now. And it's already eight-fifteen, which means an extra quarter-hour shaved off[6] our Holiday Inn time."

I pushed the half-finished hamburger to one side.

"We're outta here[7]."

"Got to call a cab... unless you've got a magic carpet handy[8]."

"Hey, my cousin Schlomo in Baghdad can get you one wholesale."

"There are no Schlomos in Baghdad."

"Trust a member of the Tribe: there's always a Schlomo somewhere."

"You're Jewish?"

---

1. **slob** : *rustaud, plouc*.
2. **backdrop** : *toile de fond* ou *arrière-plan*.
3. **xylophone** : attention à la prononciation ; le **x** initial est prononcé z ['zaɪləɪfəʊn]
4. **you finishing up?** : notez l'absence d'auxiliaire ; cf. **you coming?** *tu viens ?/vous venez ?*
5. **commodity** : *article, marchandise, produit de base*.

Melody, elle, peut dormir auprès de ce gros lard dans un lit circulaire avec à l'arrière-plan ce putain de Sphinx sur le mur.

— La pâtissière en chef s'appelle vraiment Melody ?

— Non, en fait elle s'appelle Xylophone...

— D'après le grec pour mélodie.

— Je savais pas ça.

— Moi non plus – je viens juste de l'inventer.

— Comme tout ce que tu inventes.

Elle jeta alors un coup d'œil à sa montre.

— Tu finis ton cheeseburger ? Le temps n'est pas vraiment de mon côté juste en ce moment. Et il se fait déjà vingt heures quinze, ce qui fait encore un quart d'heure de moins à passer à l'Holiday Inn.

J'ai poussé de côté le hamburger à moitié fini.

— On les met.

— Faut appeler un taxi. À moins que tu disposes d'un tapis volant.

— Oh, mon cousin Schlomo, de Bagdad, peut t'en avoir un au prix de gros.

— Il y a pas de Schlomo à Bagdag.

— Crois-en un membre de la tribu : il y a toujours un schlomo quelque part.

— Tu es juif ?

---

6. **to shave off** : *enlever, prélever, rogner*; **to shave off one's beard**, *se raser la barbe*; **to shave off a few dollars**, *rabattre/faire un rabais de quelques dollars.*

7. **we're outta here** : **we are out of here**, *on s'en va/partons.*

8. **handy** : 1. *pratique, utile.* 2. *disponible, sous la main, à portée de main.* 3. *adroit de ses mains.*

"Is that a problem?"

"I like Jewish guys. They're smart[1]... even when they're assholes."

"You are a great judge of character[2]."

"That I am. And I think I've got a card somewhere for a local limo company."

So if she had a card for a cabbie then she was a Secaucus regular. Which meant that this "no sex in two years" line might be some sort of jive talk[3], designed[4] to make me feel that I was the special chosen one, plucked out[5] of Irish Bar obscurity to offer her comfort and intimacy somewhere under the Newark Airport flight path[6]. But one of the great truisms[7] of a pick-up is this: when you are inching toward[8] the bedroom never start raising doubts about the veracity of the narrative of the person you're about to sleep with. Because if you do that the evening might take a wrong turn towards an exit marked: No Payoff[9].

So I said nothing—and watched as she dug out the card, called a number and explained our address. Then she snapped the phone shut and said:

"The limo should be here in five minutes."

"They actually have limos in Secaucus?"

---

1. **smart** : 1. *chic, soigné, à la mode, élégant*. 2. *astucieux, malin, intelligent*. 3. *culotté*.

2. **character** : 1. *caractère, tempérament*. 2. *personnage, personnali*té.

3. **jive talk** : *argot*, (ici) *baratin*.

4. **to design** : 1. *concevoir*. 2. *dessiner* (bâtiment, vêtement).

5. **to pluck out** : *arracher, détacher* ; **to pluck** : 1. (fruit) *cueillir* ; (oiseau) *plumer*.

— Ça fait problème ?

— J'aime bien les Juifs. Ils sont intelligents... même lorsque c'est des enfoirés.

— Tu es une fine psychologue.

— Je veux. Et je dois avoir quelque part la carte d'une agence de limousines par ici.

Alors si elle avait la carte d'un chauffeur, c'est qu'elle venait régulièrement à Secaucus. Ce qui signifiait que « pas de sexe depuis deux ans » pouvait bien être une formule bidon pour me faire croire que j'étais l'heureux élu, arraché à l'obscurité d'un bar irlandais pour lui offrir confort et intimité quelque part sous les trajectoires d'accès à l'aéroport de Newark. Mais un des grands principes de la drague est le suivant : quand on approche du lit, on ne se pose jamais de question quant à la véracité du baratin de la personne avec qui on va coucher. Car si on le fait, la soirée pourrait mal tourner et déboucher sur la sortie marquée Chou-Blanc.

Aussi n'ai-je rien dit, me contentant de la regarder sortir la carte, appeler un numéro et indiquer notre adresse. Puis elle referma son portable et déclara :

— La limousine devrait arriver d'ici cinq minutes.

— Ils ont vraiment des limousines à Secaucus ?

---

6. **flight path** : *trajectoire de vol, ligne de vol.*
7. **truism** : *truisme, vérité d'évidence.*
8. **to inch toward** : *avancer/progresser petit à petit, peu à peu.*
9. **payoff** 1. *remboursement, règlement* (total, final). 2. *récompense ; pot-de-vin, dessous de table.* 3. *rentabilité, rapport, bénéfice.*

"We might as well continue the ritzy[1] tone of the evening and go to the Holiday Inn in style."

We headed outside. The night was blast furnace[2] hot, the gasoline-fumed air so viscous and dense that it seemed to adhere to every fibre I was wearing. As if on cue[3], the limo pulled up[4]. It wasn't a big stretch[5] job. More of a Lincoln Town Car, but with tinted windows. I liked that touch. It allowed for foreplay[6] en route to Newark. The limo breaked. The driver— a semi-flabby[7] Irish type wearing a chauffeur's cap and (now this was a neat[8] touch after dark) sunglasses—got out and was about to open the kerbside[9] door for us. But he was interrupted by Sherry looking panicked and rifling[10] through her little bag.

"Something wrong?" I asked.

"Shit, shit, shit. Left my phone on the table. You jump in, get out of the heat. I'll be right back."

And she ran inside. As she did so the chauffeur yanked[11] open the passenger door and said:

"In you go, sir."

I bent down to get inside. And that's when everything went very strange[12] very fast. Because a hand reached out and yanked me in, the chauffeur throwing his weight against me to send me sprawling across the seat.

---

1. **ritzy** : *luxueux* (digne de l'hôtel Ritz), *classe*.

2. **blast furnace** : *haut-fourneau*.

3. **cue** : *réplique d'un acteur*, ou *fin de la tirade précédente* (lui signalant que c'est à lui d'intervenir) ; *signal* ; **to give someone his cue** : *indiquer à quelqu'un que c'est à lui d'intervenir* ; **to take one's cue from someone**, *emboîter le pas à quelqu'un*.

4. **to pull up** : *s'arrêter, stopper* ; *s'avancer avant de s'arrêter*.

5. **to stretch** : *étirer* ; *utiliser au maximum* ; **our resources are fully streched**, *nos ressources sont utilisées au maximum/au mieux*. **Stretched job** (ici **stretched limousine/limo**), *limousine extra-longue*.

— Autant poursuivre notre soirée dans le même style classe et arriver à l'Holiday Inn en grande pompe.

On s'est dirigé vers la sortie. L'air nocturne était torride et les vapeurs d'essence si visqueuses et denses qu'elles semblaient adhérer à toutes les fibres de nos vêtements. Comme sur un signal, la limousine se présenta. Ce n'était pas un de ces monstres tout en longueur. Plutôt le genre grosse berline Lincoln voiture-de-ville, mais avec des vitres teintées. Détail que j'appréciai. Ça permettait des privautés en allant à Newark. La limousine s'est arrêtée. Le conducteur – le genre irlandais plutôt flasque, portait une casquette de chauffeur et (touche subtile comte tenu de l'obscurité) des lunettes noires – descendit nous ouvrir la porte côté trottoir. Mais il fut interrompu par Sherry qui, d'un air paniqué, fouillait fébrilement dans son sac à main.

— Qu'est-ce qui se passe ? demandai-je.

— Merde de merde de merde. J'ai oublié mon téléphone sur la table. Grimpe là-dedans pour sortir de la fournaise. Je reviens de suite.

Et elle se rua à l'intérieur. Le chauffeur a vivement ouvert la portière arrière en disant :

— Montez, monsieur.

Je me courbai pour entrer. Et c'est alors que tout a basculé très vite. Car une main jaillit pour me propulser à l'intérieur, le chauffeur pressant de tout son poids pour me projeter sur la banquette.

---

6. **foreplay** : *préliminaires* (amoureux).

7. **flabby** : *mou, flasque* ; **flab** : *graisse superflue, lard.*

8. **neat** : 1. *bien rangé, bien entretenu, soigné, simple et de bon goût.* 2. *habile, ingénieux.* 3. (US) *chouette, super.* 4. (alcool) *sec.*

9. **kerbside** : *rebord/bord de trottoir.*

10. **to rifle** : *piller, dévaliser* ; **to rifle someone's pockets**, *faire les poches de quelqu'un* ; **to rifle through documents**, *feuilleter des documents.*

11. **to yank** : *tirer/pousser d'un coup sec, extirper, arracher.*

12. **strange** : attention à la prononciation [streɪndj] ; son [eɪ] et non [æ].

As the door slammed behind me I looked up and saw that the hand now grasping[1] me belonged to someone in dark clothes, wearing one of those black balaclava[2] helmets favoured by bank robbers and terrorists. The guy was ferociously strong as he twisted my arm in such a way to cause me considerable agony[3]. With his free hand he jabbed[4] something sharp into my right arm—and I felt a rush[5] of something potent and tranquilizing hit me with instant force. I heard another car door open and shut. I tried to scream but felt myself slipping away[6]. The limo engine kicked into life. The car shot off[7]. And within another moment, the world went blank[8].

When I awoke I felt as if I had been on a three day bender[9] without sleep. But "awoke" perhaps underplays[10] the sensation of fading back into consciousness[11] and finding myself tied to a straight back chair—my torso and legs bound so tightly that they were virtually numb[12]. Instantly I struggled against these restraints—but quickly discovered that my arms and hands had been completely taped[13] down to a table. I tried to scream, but my mouth had also been taped shut. As my eyes came back into focus[14], I could see two masked men in front of me. Both wearing black hoods and black teeshirts and black pants. From what I could make out[15] I was in a room without windows. Dark, dank. One bare lightbulb. A basement.

---

1. **to grasp** : *saisir, empoigner* ; *serrer* (*fortement* ou *avec émotion*).

2. **balaclava** (ou **balaklava**) : *passe-montagne, masque* ; nom d'un village de Crimée, où eut lieu en 1854 une bataille entre Russes et Anglais pendant la guerre de Crimée. Les soldats russes portaient des passe-montagnes. **Helmet**, *casque*.

3. **agony** : faux ami signifiant *douleur atroce, affres, angoisse*. Le français *agonie* se dit *death pangs, death throes*.

4. **to jab** : 1. *planter, enfoncer, piquer*. 2. (boxe) *envoyer un direct*.

5. **rush** : cf. **a rush of air**, *une bouffée d'air* ; **a rush of blood**, *un coup de sang* ; sens général de **rush** : *ruée, rythme effréné*.

6. **to slip away** : *perdre conscience, glisser dans l'inconscience*.

7. **to shoot off** : *partir comme une flèche*, (personne) *partir à toutes jambes*.

8. **to go blank** : *disparaître, devenir vide*. Cf. My **mind went blank**, *je n'arrivais pas à me souvenir, j'ai eu un trou de mémoire*.

Quand la porte s'est refermée en claquant derrière moi j'ai relevé la tête et vu que la main qui m'immobilisait maintenant était celle d'un type vêtu de noir, portant un de ces passe-montagnes noirs qu'affectionnent les braqueurs de banque et les terroristes. C'est avec une force phénoménale qu'il me tordait le bras pour me faire souffrir le martyre. De sa main libre il m'enfonça quelque chose de pointu dans le bras droit – et je sentis un flux puissant et tranquillisant m'envahir instantanément. J'entendis une autre porte s'ouvrir et se refermer. J'essayai de crier, mais je me sentais sombrer. Le moteur démarra et la limousine partit en trombe. Et au bout d'un instant, le monde s'effaça.

Quand je me suis réveillé j'ai eu l'impression d'émerger d'une foire de trois jours sans sommeil. « Me réveiller » rend peut-être mal compte de mon impression de retour brumeux à la conscience pour me retrouver attaché à une chaise au dossier droit – mon torse et mes jambes si étroitement ligotés qu'ils étaient pratiquement engourdis. Je me débattis immédiatement contre ces entraves mais je découvris vite que mes bras et mes mains avaient été littéralement collés à une table avec du ruban adhésif. J'essayai de crier mais ma bouche avait également été bâillonnée. Quand ma vision se fut éclaircie, je distinguai deux hommes masqués en face de moi. Tous deux portaient des cagoules noires, des T-shirts noirs et des pantalons noirs. D'après ce que je pouvais voir, j'étais dans une pièce sans fenêtres. Sobre, froide et humide. Une ampoule nue. Un sous-sol.

---

9. **bender** : *cuite prolongée, foire*. **To go on a bender**, *aller se cuiter, se bourrer, faire la foire, partir en bordée.*

10. **to underplay** : *minimiser, réduire l'importance de.*

11. **to fade back into consciousness** : *retrouver lentement ses esprits, revenir lentement à l'état conscient.*

12. **numb** : 1. *engourdi.* 2. *hébété, abasourdi.* Attention, le **b** final n'est pas prononcé : [nʌm].

13. **to tape** : 1. *attacher avec un ruban, scotcher,* (bouche) *bâillonner.* 2. *enregistrer* (sur bande ou autre)

14. cf. **to bring a picture into focus**, *mettre une image au point.*

15. **to make out** : *distinguer, comprendre, déchiffrer.*

One of the hooded[1] men began to speak to me.

"Charlie Zimmermann—the Money Man."

I knew the voice immediately. The voice of the man who had harassed me constantly since the whole dot.com scam went down in the flames. The voice of the man who screamed "Gonnif! Gonnif!" in court. Platt. Benjamin-fucking-Platt.

I tried to say his name, but the tape blocked any syllables from being properly articulated.

"Now I know what you're thinking" the masked man continued. "You're thinking you know me. But let me explain something to you. You are in what is known in the hostage trade as an 'undisclosed[2] location'. More tellingly[3], if you don't play ball[4] with us, I can promise you that you will never see the sky—let alone life—again. And the other thing you should know is you walked right into our little trap. A bunch[5] of your investors—actually, about three of us—figured you'd try something like jury tampering[6]. Just as we also knew there had to be a way of buying ourselves into the favor of your now-Cayman Island resident business partner, Mr Boris Spikov. Turns out that Spikov hates you as much as everyone else; thinks you are the poster boy[7] for amoral behavior... and that's coming from an unrepentant hood[8]. So, yeah, he told us he had all the numbers of all your offshore accounts—and for an agreed 15% of the principal[9] he was willing to let us have them.

---

1. **hooded** : de **hood**, *capuche, capuchon, cagoule*.

2. **undisclosed** : *non révélé, gardé secret*.

3. **tellingly** : adverbe formé sur l'adjectif **telling**, *révélateur, éloquent*, (argument) *efficace*.

4. **to play ball** : *coopérer*.

5. **bunch** : *groupe, bande* ; **a bunch of flowers**, *un bouquet* ; **a bunch of grapes**, *une grappe de raisins*. **To bunch together**, *se grouper, se regrouper*.

Un des hommes cagoulés m'adressa la parole.

— Charlie Zimmerman – Monsieur La Thune.

Je reconnus immédiatement la voix. La voix de l'homme qui n'avait cessé de me harceler depuis que ma combine sur Internet était partie en fumée. La voix de l'homme qui hurlait « Escroc! Escroc! » dans la salle d'audience. Platt. Benjamin-l'Enfoiré-Platt.

Je tentai de dire son nom, mais le ruban adhésif m'empêchait d'articuler correctement les syllabes.

— Bon, je sais bien ce que vous pensez, a continué l'homme masqué. Vous pensez me connaître. Mais laissez-moi vous expliquer quelque chose. Vous êtes ici dans ce qu'on appelle, dans les affaires d'otage, « un lieu indéterminé ». Plus clairement, si vous ne jouez pas le jeu avec nous, je peux vous promettre que vous ne reverrez jamais le ciel, et encore moins la vie. Et l'autre chose que vous devez savoir, c'est que vous avez donné tête la première dans notre petit piège. Un groupe de vos investisseurs – il s'agit en fait de trois d'entre nous – a prévu que vous tenteriez quelque chose comme de soudoyer le jury. De même nous savions aussi qu'il devait y avoir un moyen d'acheter les faveurs de votre associé en affaires, aujourd'hui résident des îles Caïmans, M. Boris Spikov. Il se trouve que Spikov vous déteste autant que quiconque ; il pense que vous êtes l'archétype du comportement amoral... et c'est un truand impénitent qui le dit. Alors hein, il nous a dit qu'il avait tous les numéros de vos comptes off-shore – et qu'en échange de 15 % sur l'ensemble du capital, il était prêt à nous les communiquer.

---

6. **to tamper** (**with**) : *trafiquer, fausser* (des résultats électoraux) ; *falsifier, bricoler* (au sens d'abîmer).

7. **poster boy** : *incarnation, porte-drapeau*. **Poster** : *affiche*.

8. **hood** : de **hoodlum**, *voyou, truand, gangster*.

9. **principal** : *principal, capital* ; **principal and interest**, *principal/capital et intérêts*.

"Then we hired the woman you called Sherry—and had her standing by on the day of the verdict. Once it was clear you were walking[1], we had one of us follow you into that dive where you were drinking... gambling on the fact that you would go somewhere to celebrate. And knowing that you were a major league boozer we also wagered you would sit there for a few hours, toasting your talents as a world-class con artist, and one who'd even managed to beat the SEC and the Feds.

"Sherry happens to be an actress. A very good actress, it seems, as she snared[2] you. And for this job, she's being so well-paid that her silence is guaranteed. But the whole thing was a set-up[3]. Her waiting in another corner of the bar until you drank so much you just had to pee[4]. Her taking your bar stool. Her coming on to you. The cab outside... just waiting for you and Sherry to hit the street[5]. And all that stuff about her husband. Sal... well, I sure as hell didn't write that. But Sherry also tries her hand at[6] short stories on the side[7]—not that she's had anything published yet. But embellishment[8] seems to be one of her talents. And you bought it[9]. Bought it big time[10]. Because you decided to think with your prick, rather than your brain. A common male mistake. And look where it's landed[11] you."

---

1. **to be walking** : *être libéré* (argot des prisons, à l'origine au terme de sa peine).

2. **to snare** : *attraper, prendre au piège.*

3. **set-up** : 1. *coup monté, machination, piège.* 2. *type d'organisation, situation, configuration.*

4. **to pee** : *uriner, faire pipi, pisser.*

5. **to hit the street** : cf. **to hit the road**, *prendre la route, partir.*

6. **to try one's hand at** : *s'essayer à.*

7. **on the side** : *en plus, pour améliorer sa situation* ; *à temps perdu, pour passer le temps, en amateur.*

« On a alors recruté celle que vous connaissez sous le nom de Sherry, et l'avons tenue prête à intervenir le jour du verdict. Dès qu'il a été clair que vous seriez acquitté, l'un des nôtres vous a suivi jusqu'à ce bouge où vous vous imbibiez... en tablant sur le fait que vous iriez quelque part pour fêter ça. Sachant que vous êtes un picoleur de première, nous avons aussi fait le pari que vous resteriez au bar quelques heures, à lever le verre en l'honneur de vos talents d'arnaqueur de classe mondiale, qui vous avaient même permis d'échapper à la COB et aux Fédéraux.

« Il se trouve que Sherry est actrice. Une très bonne actrice, semble-t-il, puisqu'elle vous a piégé. Et elle est si bien payée pour ce job que son silence est assuré. Mais toute l'affaire était un coup monté. Elle devait attendre dans un autre coin du bar jusqu'à ce que vous ayez tellement bu qu'il faudrait bien que vous alliez aux toilettes. S'asseoir sur votre tabouret de bar. Vous faire des avances. Le taxi était à l'extérieur... attendant juste que vous et Sherry sortiez dans la rue. Et toute cette salade à propos de son mari... je peux vous dire que c'est pas moi qui ai écrit ça. Mais à part ça Sherry s'amuse à écrire des nouvelles comme passe-temps, même si elle n'a encore rien publié. Mais l'imagination semble être un de ses talents. Et vous avez tout avalé. Vous avez marché à fond. Parce que vous avez décidé de penser avec votre queue plutôt qu'avec votre tête. Et regardez à quoi ça vous a mené.

---

8. **embellishment** : *embellissement, ornement(ation), fioriture.*
9. **to buy it** : au sens *d'y croire, de marcher, d'avaler, de gober.*
10. **big time** : *de premier plan, de première catégorie ; sur une grande échelle.* **To make/reach/thit this big time**, *percer, réussir, faire son trou.*
11. **to land** : cf. **that will land you in trouble**, *ça va vous/t'attirer des ennuis* ; **that's what landed him in jail**, *c'est comme ça qu'il s'est retrouvé en prison.*

At this point I started struggling and screaming. But the restraints were so binding—and the tape across my mouth so adhesive—that I started to choke[1] on my cries.

"Scream all you want" the voice said. "The thing is... just as you denied us all the money we invested in you, we've decided to deny you the power of speech. And if you keep screaming like that you might find yourself suffocating... and you don't want that, do you. Especially as—if you don't agree to what we demand[2]—we might just tape your nostrils shut and watch as you slowly asphyxiate. A rather agonizing[3] death, from what I've been told."

Now I was frightened. Check that: I was frightened from the moment my post-drug-induced fog had vanished. But the fear was now in the deep red zone[4]—and I felt myself wetting myself. The masked man noticed this.

"My, oh my, the Money Man has lost control of his bodily functions[5]. Does that means he's willing to do business with us?"

I shook my head violently, the fear now turning into fury.

"Not the response I wanted" the masked man said. "But here is the deal, Charlie. We have the numbers of all your accounts in the Caymans. We also know that you also have some cash stashed in a safety deposit box there, the key for which Boris holds... though he can't open the box or touch your accounts without you turning over power-of-attorney[6] to him."

---

1. **to choke** : *étouffer, suffoquer, s'étrangler.*

2. **to demand** : (sens très fort) *exiger, réclamer, revendiquer*; *demander* se dit simplement **to ask**.

3. **agonizing** : *déchirant, atroce.*

Je me suis alors mis à me débattre et à hurler. Mais mes liens étaient si serrés – et l'adhésif collé sur ma bouche si efficace – que j'ai commencé à m'étouffer en criant.

— Criez tant que vous voudrez, dit la voix. En fait, de même que vous nous avez privés de l'argent que nous avons investi chez vous, nous avons décidé de vous priver de la parole. Et si vous continuez à crier comme ça, vous pourriez finir par suffoquer... et ce n'est pas ce que vous voulez, n'est-ce pas ? Surtout que, si vous n'acceptez pas nos exigences, nous pourrions bien obstruer vos narines et vous regarder mourir lentement d'asphyxie. Une mort plutôt abominable, d'après ce qu'on m'a dit.

J'étais terrorisé. Notez que j'étais terrorisé depuis que j'étais sorti des vapeurs causées par leur drogue. Mais ma peur était maintenant à son paroxysme, au point que je sentis que je mouillais mon pantalon. L'homme à la cagoule s'en rendit compte.

— Oh là là ! Monsieur La Thune a perdu le contrôle de ses fonctions urinaires. Est-ce que ça veut dire qu'il est prêt à traiter avec nous ?

Je secouai violemment la tête, ma terreur se transformant en furie.

— C'est pas la réponse que j'attendais, dit l'homme masqué. Mais voici le marché, Charlie. Nous avons les numéros de tous tes comptes aux Caïmans. Nous savons aussi que tu as planqué du liquide dans un coffre sécurisé là-bas, dont Boris détient la clé... bien qu'il ne puisse ouvrir le coffre ou toucher à tes comptes sans que tu lui aies remis une procuration.

---

4. **in the deep red zone** : *au cœur de la zone dangereuse.*
5. **bodily functions** : *fonctions physiologiques* ; **bodily**, *physique, corporel.*
6. **power-of-attorney** : *mandat, pouvoir, procuration.*

I stared at the guy, wide-eyed. And suddenly realized what their game plan[1] was. He saw my reaction and laughed.

"That's right, Charlie. You're smart enough to understand what we're going to do. We are going to wipe you out[2]. And we have a Power of Attorney form here for you to sign—and the man to my right is a notary who will attach[3] a wholly legal seal to the document, certifying that he witnessed[4] you signing it in which you turn over control of your accounts and the safe deposit box to both our representative and your good friend Boris. You sign the document. We drug you again. You get dropped off somewhere. And if you ever try to trace us—or go to the cops and make trouble... well, why would you do that, Charlie? Unless you want the SEC to receive documents showing that you had someone clear out[5] the Cayman accounts on your behalf. Which means that you will end up doing serious time for concealing all those funds. So what's it going to be, Charlie?"

Fury is a curious emotion. It overwhelms[6] you with its intensity—because it is always rooted in[7] a feeling of powerlessness; an impotency to fight against forces larger than you. But fury—as I came to realize afterwards—is also a reflection of another, even-stronger hatred: that of yourself.

---

1. **game plan** : *plan de jeu*, d'où *stratégie, système*.

2. **to wipe out** : *éliminer, anéantir, annihiler, supprimer, écraser*.

3. **to attach** : *attacher, lier* ; *joindre* ; **no strings attached**, *sans contrepartie/obligation* (accord, négociation etc.)

4. **to witness** : *être témoin de, assister à*. *Témoin*, **witness** ; mais *témoigner*, **to testify** (**to something**).

Je le fixai, les yeux écarquillés. Et j'ai soudain réalisé ce qu'était leur stratégie de jeu. Il vit ma réaction et ricana.

— C'est ça, Charlie. T'es assez malin pour comprendre ce qu'on va faire. On va te détruire. Nous avons un formulaire de procuration à te faire signer – et l'homme à ma droite est un notaire qui apposera un sceau parfaitement légal au document, certifiant qu'il t'a vu le signer et que tu confies ainsi l'accès à tes comptes et à ton coffre à la fois à notre représentant et à ton cher ami Boris. Tu signes le document. On te drogue à nouveau. On te dépose quelque part. Et si tu essaies de nous retrouver ou si tu vas trouver les flics pour nous chercher des crosses... mais pourquoi ferais-tu ça, Charlie ? À moins de vouloir que la COB reçoive des documents prouvant que tu as fait vider tes comptes des Caïmans par un complice. Ce qui veut dire que tu finiras en taule pour un bon bout de temps pour avoir dissimulé tous ces fonds. Alors, qu'est-ce que tu décides, Charlie ?

La rage est une émotion bizarre. Elle vous submerge par son intensité, car elle repose toujours sur un sentiment d'impuissance ; et de l'incapacité à combattre des forces supérieures. Mais la rage, comme j'ai pu le réaliser par la suite, est aussi la manifestation d'une autre forme de haine, plus violente : la haine de soi.

---

5. **to cleat out** : *vider, nettoyer, débarrasser, évacuer.*

6. **to overwhelm** : *submerger, accabler* ; *engloutir*. **To be overwhelmed with work**, *être débordé/accablé de travail* ; **to be overwhelmed with joy**, *être au comble de la joie.*

7. **rooted in** : *enraciné dans, prenant racine dans.*

And because I was so scared and furious right now—because I saw all that I had left in the world being whisked away from me, leaving me with nothing—I went berserk[1], willing myself[2] against the restraints, shaking my head convulsively, screaming every obscenity I could think of, but having the sound reverberate back from my taped mouth into every corner of the skull.

"I take your answer to be a 'no'", the masked man said calmy.

I glared at[3] him with hatred. A glare that said: *you think you can win this, asshole? You think you're gonna break me? You don't know me, or what I'm capable of. And what I am planning to do to you once I am free of this shit. And believe me...*

The masked man evidently understood the message behind my glare—as he quietly approached me and whispered two words into my ear.

"Wrong answer."

Then, out of nowhere, I saw the gleam[4] of a small meat cleaver[5] in his right hand. A cleaver that he instantly set down across my left pinky[6]. And using his other hand he forced the cleaver downwards. The pain was electric, hysterical, behind comprehension. I roared, choking on my screams. And then I passed out.

When I came to again, I was on fire. Or, at least, that's what it felt like—as flames seemed to be shooting up[7] my left arm.

---

1. **to go berserk** : *devenir fou furieux, se déchaîner* ; synonyme : **to run amok** (ces deux expressions évoquent la fureur première).
2. **to will oneself** : *faire un effort de volonté, rassembler toute sa volonté.*
3. **to glare at** : *lancer un regard furieux.*
4. **gleam** : *lueur, rayon de lumière* ; *reflet, miroitement.*

Et parce qu'en cet instant même j'étais si terrorisé et si furieux – en voyant que tout ce qui me restait au monde allait m'être escamoté, qu'il ne me resterait rien – je suis devenu enragé, luttant de toute ma volonté contre mes entraves, secouant la tête convulsivement, hurlant toutes les obscénités qui me venaient à l'esprit, avec pour seul résultat que ces cris se réverbéraient depuis ma bouche bâillonnée jusque dans les moindres recoins de mon crâne.

— Je déduis que ta réponse est « non », dit calmement l'homme masqué. Je le fusillai d'un regard haineux. Un regard qui disait : *tu crois que tu peux m'avoir comme ça, enfoiré ? Tu penses que tu vas me briser ? Tu ne me connais pas, tu ne sais pas de quoi je suis capable. Et ce que je projette de vous faire quand je me serai tiré de ce merdier. Alors crois-moi...*

L'homme masqué lut évidemment le message dans mon regard enragé : il s'approcha tranquillement de moi pour me chuchoter deux mots à l'oreille.

— Mauvaise réponse.

Alors, venant de nulle part, je vis l'éclair d'un petit hachoir de boucher dans sa main droite. Un hachoir qu'il abattit immédiatement en travers de mon petit doigt gauche. Et à l'aide de son autre main il appuya sur le hachoir. La douleur fut électrique, convulsive, insensée. Je rugis, m'étouffant en criant. Puis je m'évanouis.

Quand je repris conscience, j'étais en feu. Ou du moins, c'est ce que je ressentais, comme si des flammes avaient dévoré mon bras gauche.

---

5. **cleaver** : *couperet, fendoir* ; **to cleave, cleft, cleft**, *fendre*.
6. **pinky** ou **pinkie** : (familier) pour **little finger**, *petit doigt*.
7. **to shoot up** : *jaillir, monter en flèche* ; (prix etc.) *augmenter rapidement, grimper* ; (ici) *monter/remonter à toute allure le long de*.

Flames accompanied by the stench[1] of barbecued flesh. That's when I saw Masked Man with a soldering iron in hand, cauterizing the stump[2] on my left hand where my pinky used to be. The pain was now even more riotous[3] that my brain took the only option available to it—and sent me swiftly back into the underworld[4].

I don't know how long I was gone for this time. What I do know is that when I came back into the temporal world, my entire left hand felt anaesthetized to the point of there being no feeling in it whatsoever. I stared down and saw the charred, blackened wound on my hand, the table awash in blood[5], and my severed[6] finger placed strategically in front of me. I started to gag, but quickly swallowed the bile that touched my taped-shut lips before it could strangle[7] me.

Mr Masked Man started talking again.

"I gave you a shot of novocaïne to make things a little less grim[8] for you. But here's the thing, Charlie. You have another nine fingers and I have this cleaver in my right hand. And if you don't sign the papers in the next ten minutes it's your left thumb that's going next. And finger after finger every ten minutes after that—by which time you won't be able to hold a pen, but you will be permanently disabled[9].

---

1. **stench** : *puanteur, odeur nauséabonde/fétide.*

2. **stump** : *souche* ; *trognon, tronçon, chicot, moignon.*

3. **riotous** : *déchaîné, délirant.* De **riot** 1. *émeute, rassemblement séditieux.* 2. *débordement, désordre* etc. **Riot Act**, (G.B.) *Loi contre les attroupements.*

4. **the underworld** : *le monde d'en dessous, les enfers.* ; signifie aussi la pègre, *le milieu.*

Des flammes accompagnées de l'odeur de chair calcinée. C'est là que je vis l'homme au masque cautérisant avec un fer à souder le moignon sur ma main gauche, là où était jusqu'alors mon petit doigt. La douleur était maintenant si intolérable que mon cerveau prit la seule option qui lu restait, et me fit illico sombrer dans l'inconscience.

Je ne sais pas combien de temps je restai évanoui cette fois-ci. Mais ce que je sais, c'est que quand je revins dans le monde temporel, toute ma main gauche était anesthésiée au point d'être devenue totalement insensible. Je baissai les yeux et vis la plaie carbonisée et noircie à ma main, la table inondée de sang, et mon doigt sectionné posé bien en évidence devant moi. J'eus un haut-le-cœur, mais avalai aussitôt la bile qui remontait jusqu'à ma bouche bâillonnée avant qu'elle ne risque de m'étouffer.

Monsieur le Masque reprit la parole.

— Je t'ai fait une piqûre de Novocaïne pour te rendre les choses un peu moins pénibles. Mais voilà la situation, Charlie. Tu as neuf autres doigts et tu vois ce hachoir dans ma main droite. Et si tu ne signes pas les papiers d'ici dix minutes, c'est ton pouce gauche qui va partir d'abord. Et ensuite tous tes doigts l'un après l'autre toutes les dix minutes – après quoi tu ne seras plus capable de tenir un stylo, par contre tu seras infirme à vie.

---

5. **blood** : attention, prononciation [blʌd] comme dans [bʌt] et non [uː].
6. **to sever** : ['sevər] *rompre, séparer, sectionner, trancher* ; **to sever relations with**, *rompre/cesser les relations avec*.
7. **to strangle** : *étrangler* ; (sanglot etc.) *étouffer, retenir*.
8. **grim** : *sinistre, sévère, sombre*.
9. **disabled** : *handicapé, mutilé*.

And if you think I'm bluffing here—just wait until your severed thumb ends up[1] next to your pinky. You know what they say about a no-win situation: quit while you're ahead[2]. You're such a nasty[3] little survivor you'll make the money back. But not when you also have to cope with[4] two fingerless hands."

He approached me again and let me see the glint of the cleaver in his right hand. I felt myself lose control of my bladder again, fresh urine further soaking[5] all the parts of me that were already soaked. Before he could say anything else I found myself vigorously nodding my head up and down.

Through the slit[6] that had been cut open for his mouth, I could see Masked Man's lips forming into a smile. He had me—and he knew it.

"Do I take[7] this to mean you will sign the Power of Attorney?" he asked.

I kept nodding[8] my head like a Pinocchio doll[9] gone demented.

"This might be the smartest thing you've ever done."

Ten minutes later, Masked Man untaped my right arm after obtaining from me a solemn head-nodding assurance that I wouldn't try anything stupid once I had control over this extremity again.

---

1. **to end up** : *finir, se terminer, aboutir, se retrouver.*
2. **quit while you're ahead** : *abandonne pendant que tu es devant.*
3. **nasty** : *méchant, mauvais, désagréable, agressif.* **A nasty man**, *un sale type, un vilain bougre.*
4. **to cope with** : *affronter, faire face à.*
5. **to soak** : *tremper : mouiller abondamment, détremper, inonder, imprégner.*

Et si tu crois que je suis en train de bluffer, attends un peu de voir ton pouce amputé posé à côté de ton petit doigt. Tu sais ce qu'on dit au sujet d'une situation mal engagée : abandonne tant que tu as encore l'avantage. Tu es tellement acharné à assurer ta petite survie que tu te referas financièrement. Mais pas si tu dois te débrouiller avec deux mains réduites à des moignons.

Il s'approcha de moi et me fit voir l'éclair du hachoir dans sa main droite. Je me sentis perdre à nouveau le contrôle de ma vessie, un nouveau flux d'urine inondant plus avant les parties de mon individu déjà souillées. Avant qu'il puisse continuer, je me mis à opiner vigoureusement de la tête de haut en bas.

Par la fente qui avait été découpée pour sa bouche, je pus voir les lèvres de l'homme au masque ébaucher un sourire.

— Dois-je comprendre que ceci signifie que tu es prêt à signer la procuration ? demanda-t-il.

Je continuai à hocher la tête comme un pantin Pinocchio devenu fou.

— C'est peut-être bien ce que tu as fait de plus sage.

Dix minutes plus tard, l'Homme Masqué libéra mon bras droit après avoir obtenu ma promesse formelle, sous forme de hochements de tête, que je ne tenterai plus rien de stupide une fois que j'aurai regagné le contrôle de ce membre.

---

6. **slit** : *incision, fente, déchirure, entaille.*

7. **to take** : (ici au sens de) *comprendre, interpréter, supposer, imaginer.*

8. **to nod** : *hocher la tête* (de haut en bas en signe d'acquiescement) ; à distinguer de **to shake one's head** (latéralement, qui indique la dénégation).

9. **doll** : *poupée.*

Then the Masked Notary approached[1] and actually gave me this whole legal spiel about whether I was signing this document out of my own free will (!), and also stating that there was a clause in the Power of Attorney rendering it irrevocable—and did I agree to that?

What could I do but nod again—and sign all the documents where indicated. Once the business was done Masked Man approached me

"I said it before, I'll say it again: if you try to track me down, try to go to the authorities, try to fuck with me..."

Now I was shaking my head wildly from side to side.

"That's the response I wanted to hear. And I'll hold you to that. So here's what's going to happen next. I'm going to inject you with something that'll knock you out—and when you awake again you'll be somewhere near to where you can get home[2]. And I'll make certain you have twenty bucks in your pocket for the cab fare[3]. Oh, and don't think for a minute that I am going to pocket all that money myself. I plan to reimburse everyone who, like me, was stupid enough to trust you. And if anyone asks me how I got the money I'm going to tell them I came into a little inheritance[4] and wanted to right[5] a very bad wrong perpetrated on us all.

---

1. **approached me** : notez la construction directe (pas de préposition avant le complément) ; **to approach someone**, *s'approcher de quelqu'un*.

2. **near to where you can get home** : (mot à mot) *près d'un endroit d'où tu pourras rentrer chez toi*.

3. **cab fare** : *prix d'une course en taxi*. **Fare** peut aussi désigner le **client d'un taxi**.

Alors le Notaire Masqué s'approcha et ne manqua pas de me faire tout le cirque légal, à savoir si je signais bien ce document sans la moindre contrainte (!), en signalant aussi que la Procuration comportait une clause d'irrévocabilité, et étais-je bien d'accord là-dessus ?

Que pouvais-je faire sinon acquiescer derechef, et apposer ma signature aux endroits indiqués sur les documents. Une fois ces formalités terminées, l'Homme Masqué s'approcha de moi.

— Je l'ai déjà dit, je le répète : si tu essaies de me retrouver, si tu essaies d'alerter les autorités, de me pourrir la vie...

En réponse, je secouai frénétiquement la tête de droite à gauche.

— C'est la réponse que je voulais entendre. Et je te ferai tenir parole. Alors voilà ce qui va se passer maintenant. Je vais t'injecter quelque chose qui va t'assommer – et quand tu te réveilleras tu te retrouveras quelque part pas trop loin de chez toi. Et je veillerai à ce que tu aies vingt dollars en poche pour payer le taxi. Oh, et n'imagine pas une seconde que je vais empocher tout seul tout cet argent. J'ai l'intention de rembourser tous ceux qui, comme moi, ont été assez stupides pour te faire confiance. Et si quelqu'un me demande comment j'ai obtenu tout cet argent, je vais leur dire que j'ai eu un petit héritage et que j'ai voulu réparer les très graves dommages que nous avons tous subis.

---

4. **inheritance** : *succession, héritage* ; *patrimoine.*
5. **to right** : *redresser, arranger* ; **to right a wrong**, *redresser un tort, réparer une injustice.*

"But as you pick up the pieces again, Charlie, as I know you will—and explain away your missing finger with some jive about... well, here's a thought... shark wrestling in the Caymans... that's a nice Hemingway[1] war wound kind of story, right?... just remember one thing. We all pay. We think we can play fast and loose with the General Moral Order of Things. But the fact is: nobody ever walks away cleanly from screwing[2] another human being. That's a stain that just won't come out in the wash. And it inevitably metastases and takes away, at best, one of your fingers.

"On which note..."

And I felt a sharp puncturing punch[3] to the shoulder as the needle went in and the world went dark.

When I woke again, first light was in the sky. Every muscle, every bone, every tissue mass in my body felt as if it had gone twelve rounds with the Spanish Inquisition[4]. My suit trousers stank of dried urine, my mouth was desert parched. I blinked into the harsh[5] unforgiving[6] sun of a new day... and found myself on a bench. The novocaïne had worn off and the war wound on the left hand—now neatly bandaged—was throbbing. It took a moment or two to register[7], but I had been strategically placed directly in front of a McDonald's.

---

1. **Ernest Hemingway** (1899-1961) romancier américain. Par sa formation journalistique de correspondant de guerre, contribua largement à l'élaboration du style romanesque contemporain. Grand amateur de sensations fortes (chasse, pêche au gros), auteur notamment de ***A Farewell to Arms*** (*L'Adieu aux armes*), ***For Whom the Bell Tolls*** (*Pour qui sonne le glas*), ***The Old Man and the Sea*** (*Le Vieil homme et la mer*)...

2. **to screw** : (slang) *baiser, tirer, niquer, tringler* etc.; *arnaquer, entuber, extorquer.*

3. **to punch** : 1. *donner un coup de poing.* 2. *perforer, poinçonner.* **A punched tyre**/(US) **tire**, *un pneu crevé*

Mais quand tu recolleras les morceaux, Charlie, comme je sais que tu le feras, et que tu devras expliquer l'absence de ton doigt en racontant des craques... Tiens, une idée par exemple, que tu t'es battu avec un requin aux Caïmans, ça fait une belle petite histoire de blessure de guerre à la Hemingway, hein ? Rappelle-toi seulement une chose – nous finissons tous par payer. On croit qu'on peut tricher avec l'Ordre Moral Général des Choses. Mais la réalité, c'est que personne ne peut impunément abuser d'un autre être humain. C'est une tache indélébile. Et qui métastase inéluctablement et finit, au mieux, par vous priver d'un doigt.

» Sur cette note...

Et je sentis la douleur perforante d'une piqûre à l'épaule, tandis que l'aiguille la pénétrait et que le monde s'obscurcissait.

Quand je revins à moi, l'aube pointait dans le ciel. Tous mes muscles, mes os, l'ensemble des tissus de mon corps semblaient avoir disputé douze rounds avec l'Inquisition espagnole. Le pantalon de mon costume puait l'urine séchée, ma bouche était un désert parcheminé. Je clignais des yeux sous l'éclat implacable d'un jour nouveau... et me retrouvai sur un banc. L'effet de la Novocaïne s'était atténué et la blessure de ma main gauche – maintenant efficacement bandée – palpitait. Il me fallut quelques instants pour m'en rendre compte, mais j'avais été stratégiquement déposé en face d'un McDonald's.

---

4. **the Spanish Inquisition** : *l'Inquisition espagnole* ; organisme judiciaire ecclésiastique créé par la papauté pour sa lutte contre l'hérésie. Active surtout du XIIIe au XVIe siècle ; son intransigeance et parfois sa cruauté susciteront des réactions des populations et même au sein de l'Église.

5. **harsh** : *sévère, rude, dur, rigoureux*. **A harsh winter**, *un hiver dur/rigoureux* ; **a harsh reply**, *une réponse désagréable*.

6. **unforgiving** : *qui ne pardonne pas, impitoyable, sans merci ; rancunier*.

7. **to register** : 1. *enregistrer*. 2. *réaliser, prendre conscience de, percuter*.

My actual location in the big wide world was, as yet, unknown to me. But if there's one great constant to modern life, it's that, even when everything has been taken away from you, there is always a McDonald's in which to retreat.

And picking myself up[1] off the park bench—my legs buckling[2]—I wandered[3] inside and up to the counter. The kid on duty—Chinese-American, no more than nineteen, probably working his way[4] through accountancy school with this early morning gig[5], the name tag telling me he's Ricky—gives me this hundred watt smile. And asks:

"And what can I do for you this morning, sir?"

"Coffee" I said, my voice barely a whisper.

The kid looked me over, taking in the stained pants, the semi-bloodied bandage.

"Are you ok, sir?" he asked.

"No."

"Sorry to hear that, sir. But say I Super Size that coffee for you? Might that get your day off to a better start[6]?"

I blinked and felt tears.

"I want to pay for the larger size" I said.

"But, sir, the Super Size is on the house[7]"

I gulped[8], choking back a sob. And then heard myself saying, in a hushed[9] voice, that most American of all phrases:

---

1. **to pick up oneself** : *se redresser, se remettre debout.*

2. **to buckle** : 1. *boucler, agrafer, attacher.* 2. *se gondoler, se déformer.* 3. (personne) *flancher, s'effondrer.*

3. **to wander** : *errer, aller sans but/à l'aventure/sans trop savoir où on va ; se promener.* **To wander from the subject**, *s'écarter/s'éloigner du sujet.*

4. **working his way… school** : cf. l'expression, fréquente aux États-Unis notamment, **to work one's way through college**, *travailler pour payer ses études universitaires.*

5. **gig** : *job/travail/emploi temporaire.* C'est aussi le mot des musiciens pour *une affaire, un concert, une « date ».*

Ma localisation réelle dans le vaste monde m'était encore inconnue. Mais s'il y a une grande constante dans la vie moderne, c'est que, quand vous avez tout perdu, il y a toujours un McDonald's où se réfugier.

M'arrachant à mon banc de jardin public, mes jambes se dérobant sous moi, je m'aventurai à l'intérieur et jusqu'au comptoir. Le garçon de service – un Sino-Américain de pas plus de dix-neuf ans, payant probablement ses études de comptabilité avec ce boulot du petit matin, et dont le badge me disait qu'il s'appelait Ricky – m'adressa ce sourire à cent watts et me demanda :

— Que puis-je faire pour vous ce matin, monsieur ?

— Café, dis-je d'une voix qui était à peine un chuchotement.

Le gosse me regarda de la tête aux pieds, remarquant le pantalon souillé, le bandage à moitié ensanglanté.

— Tout va bien, monsieur ? demanda-t-il.

— Non.

— Désolé d'entendre ça, monsieur. Mais si je vous sers le maxi-café au prix d'un simple, est-ce que ça pourrait vous aider à mieux commencer la journée ?

Je clignai des yeux, sentant monter les larmes.

— Je tiens à payer pour la taille maxi, dis-je.

— Mais, monsieur, la maison vous offre le maxi.

Ma gorge se serra, je réprimai un sanglot. Et je m'entendis alors prononcer d'une voix étouffée, cette expression américaine par excellence :

---

6. **off to a better start** : cf. **to be off to a good start**, *partir du bon pied, bien démarrer/commencer* ; **to be off to a bad start**, *mal démarre/commencer*.

7. **on the house** : *aux frais de la maison, c'est la maison qui régale*. Cf. **It's on me**, *c'est pour moi, c'est à mes frais* ; **the drinks are on me**, *la tournée est pour moi*.

8. **to gulp** : 1. *engloutir, avaler d'un trait* ; *essayer d'avaler*. 2. *avoir un serrement de gorge/une boule dans la gorge*.

9. **hushed** : de **to hush**, *faire taire, se taire*. **Hush!** *Silence !* **Hush money** : *prix du silence, pot-de-vin*.

"There is no free lunch [1]."

The kid leaned forward.

"What did you say, sir?"

"There is no free lunch... there is no free lunch."

The kid thought about this for a moment. Then he handed me my Super Sized Coffee and said:

"It's nice to meet an honest [2] man."

---

1. **There is no free lunch** : (mot à mot) *il n'y a pas de repas gratuit*, d'où *tout se paye, rien n'est gratuit en ce bas-monde*.
2. **honest** : attention à la prononciation, le **h** n'est pas prononcé.

— On n'a rien pour rien.

Le gosse se pencha vers moi.

— Vous disiez, monsieur ?

— On n'a rien pour rien. Tout se paie.

Le garçon médita un instant là-dessus. Puis il me tendit mon maxi-café en disant :

— C'est sympa de rencontrer quelqu'un d'honnête.

Hit and Run[1]

Délit de fuite

---

1. **hit and run** : correspond à notre « *accident (de voiture, de véhicule etc.) avec délit de fuite* ».

She'd left me for a dermatologist; a balding[1], golf-playing, medical practice[2] on Park Avenue[3] quasi-hot shot[4]; the sort of guy who bragged about being defiantly anti-intellectual and whose idea of a novelist was Dan Brown[5] (and that "novel" was the first proper book—outside of how to improve your golf handicap—that he'd read in four years).

I knew all these details about Frank Pelt[6] (imagine a dermatologist called Frank Pelt) because my soon-to-be ex-wife revealed all when she informed me that she was leaving me for Doctor Pelt. It didn't matter that the guy looked like a nebbish[7]. Or that several of our mutual friends who met him reported that he was this side of a bore[8], and that he couldn't believe his luck—a schlemiel[9] like him—landing[10] a babe[11] like my wife. And though I pleaded on several occasions with Megan to give us a second chance, she informed me:

"He may not be as nimble[12] or thoughtful[13] as you are—but he's simple in a good way. And I need simple now. I can't live anymore in the realm[14] of metaphor[15]."

---

1. **balding** : atteint d'une calvitie naissante (formé sur **bald,** *chauve*).

2. **medical practice** : *clientèle médicale*. **A doctor with a large practice**, *un médecin avec une grosse clientèle* ; désigne aussi un *cabinet médical*.

3. **Park Avenue** : avenue chic de New York (Manhattan) où les spécialistes en vue ont leur cabinet.

4. **Hot-shot** : *de premier plan, qui a réussi* (avec une dose de prétention) ; *personnage influent*, « *boss* », *canon* (homme ou femme).

5. **Dan Brown** : auteur du roman à succès mondial *Le Da Vinci Code*.

6. **Pelt** signifie *peau (d'animal), fourrure*.

7. **nebbish** : *empoté, perdant, individu sans personnalité*.

8. **this side of a bore** : **a bore**, *un raseur, un importun*. **This side of** le rend encore plus ennuyeux.

9. en yiddish, *un simple d'esprit* ; a pris le sens de *pauvre bougre, minable* ; *personne crédule*.

10. **landing** : (ici, fam.) cf. **to land a job**, *décrocher un emploi* ; **to land a babe**, *lever une pépée*.

Elle m'avait quitté pour un dermatologue ; à moitié chauve, golfeur, cabinet sur Park Avenue, un quasi-ponte, le genre de type qui se vante d'avoir horreur des intellos et dont l'idée même du romancier est Dan Brown (dont le roman est le seul vrai livre – en dehors des manuels pour améliorer son handicap au golf – qu'il ait lu en quatre ans.)

Je connaissais tous ces détails sur Frank Pelt (imaginez un dermato nommé Lapeau) car ma future ex-épouse m'a tout révélé quand elle m'annonça qu'elle me quittait pour le docteur Pelt. Peu importait qu'il ait l'air d'un plouc, ou que plusieurs de nos amis communs qui l'avaient rencontré aient rapporté que c'était un raseur confirmé et que lui-même n'en revenait pas qu'un vieux chnoque comme lui puisse se faire un canon comme ma femme. Et bien qu'à plusieurs occasions j'aie supplié Megan de nous donner une seconde chance, elle m'informa que :

— Il n'est peut-être pas aussi brillant ou profond que toi, mais il est simple, au bon sens du terme. Et c'est de simplicité que j'ai besoin aujourd'hui. Je ne peux plus vivre au royaume du deuxième degré.

---

11. **babe**, ou **baby** : premier sens *bébé* (au berceau) ; familièrement : *pépée, minette, gonzesse* etc.

12. **nimble** : *agile, souple, vif* (y compris intellectuellement).

13. **thoughtful** : *pensif, réfléchi* mais aussi, comme ici, *capable de profondeur, intellectuel* ; également : *attentionné ; prévenant, plein de délicatesse*. **How thoughtful of you**, *comme c'est gentil à vous/de votre part*.

14. **realm** : *royaume, domaine* ; attention à la prononciation [relm].

15. **metaphor** : sens technique : figure de rhétorique consistant à employer un terme concret en lui donnant une valeur abstraite ; exemple : *un monument de bêtise*. A ici le sens de *complexité, artificialité, décalage par rapport à la réalité, second degré*.

Simple in a good way. She made him sound like Mom's Home Cooking. Or the male equivalent of vanilla ice cream. Mr. Uncomplicated. Mr. Unartful[1]. Mr. Bland[2].

Still I couldn't argue with Megan when it came to my alleged complexity. I teach creative writing at Brooklyn College[3].

We have a daughter, Annalisa, who is just nine years old. I make just fifty thousand a year as an adjunct[4] professor, and though I've had three small, well-received volumes of my poetry published, my net earnings from my writings (or outside lectures[5] on matters poetic[6]) maybe totaled five grand[7] last year. And Megan—who had been a special needs teacher in a school for autistic children near our cramped[8] apartment in Flatbush (still one of the last unreconstructed, un-Yuppified[9] corners of Brooklyn)—had gotten[10] herself a part-time MBA[11] and retrained as a mutual fund[12] specialist, landing a Wall Street[13] job that had her working twelve hour days.

---

1. **unartful** : contraire de **artful**, *rusé, malin, ingénieux, roublard*.

2. **bland** : *fade, terne, falot*.

3. **college** : établissement d'enseignement supérieur ; désigne notamment les deux premières années universitaires. Le français *collège* est à peu près l'équivalent de la **junior high school** américaine.

4. **adjunct** : *complémentaire, auxiliaire, accessoire*. Ne pas confondre avec **associate professor**, *maître de conférence*.

5. **lecture** : 1. *conférence*. 2. *sermon, réprimande*. **To lecture** : 1. *faire/donner une conférence*. 2. *enseigner dans le supérieur*.

6. **matters poetic** : style littéraire ou archaïsant. Il est très rare en anglais de trouver l'adjectif placé après le nom, mais c'est le cas de quelques formules traditionnelles ; par exemple : **the body politic**, *le corps politique* ; **for reasons unknown**, *pour des raisons inconnues*.

Simple au bon sens du terme. On aurait dit « La Cuisine de Bonne Maman ». Ou l'équivalent masculin de la glace à la vanille. Monsieur Tout-simple, Monsieur Sans-chichi, Monsieur Falot.

D'accord, je ne pouvais pas contredire Megan quant à ma supposée complexité. J'enseigne l'écriture créative en premier cycle à Brooklyn College.

Nous avons une fille, Annalisa, qui vient d'avoir neuf ans. Je gagne juste cinquante mille dollars par an comme professeur associé (Webster's), et bien que j'aie publié trois petits volumes de poésie bien reçus par la critique, le revenu net de mes œuvres (ou de conférences sur la poésie en dehors de mes cours) a peut-être atteint cinq mille dollars l'an dernier. Et Megan – après avoir été éducatrice spécialisée dans une école pour enfants autistes près de l'endroit où nous vivions à l'étroit dans notre petit appartement de Flatbush (qui reste un des derniers coins non réhabilités et non boboïsés de Brooklyn) – avait, en alternance, obtenu un MBA et s'était recyclée comme spécialiste de SICAV, décrochant un emploi à Wall Street qui la faisait travailler douze heures par jour.

---

7. **grand** : (argot, ou langage courant) *mille livres* en anglais britannique, *mille dollars* en américain.

8. **cramped** : *exigu*. **To be cramped for space**, *être à l'étroit*.

9. **un-yuppified** : formé sur **yuppy**, acronyme de **young urban professional**. **To yuppy**, *boboïser*.

10. **gotten** : **to get**, **got**, **got** en anglais britannique, **to get**, **got**, **gotten** en américain.

11. **MBA** : **Master in Business Administration** ; correspond plus ou moins à notre *mastère de gestion*, mais le titre est plus flatteur.

12. **mutual fund** : *SICAV* (*Société d'investissement à capital variable*) ou *fonds commun de placement*.

13. **Wall Street** : la bourse des États-Unis

I should have read all the telltale[1] signs—the "meetings" that went on until ten at night; the weekend business conferences[2] in Bermuda; the way I often felt that she seemed already spent[3] when making love to me after arriving home "after a long night tracking[4] the Dow[5]."

And when she dropped the bombshell[6] that she was moving out to chez Frank Pelt in Old Greenwich (the guy would live in the ultimate suburban whitebread[7] WASP[8] town), the shock was beyond massive. Ok, our marriage had not been exactly a paragon[9] of calm[10] for the past two years. And yes, I'm not exactly the cleverest chap when it comes to the management of money.

---

1. **telltale** : (**which tells the tale**) *révélateur, évocateur, éloquent.*
2. **conference** : *congrès, colloque.* Signifie aussi *conférence de presse* (**press conference**), ce qui est normal car, comme dans un congrès ou colloque, les journalistes peuvent poser des questions. À distinguer de **lecture** (supra) où une seule personne s'exprime.
3. **to be spent** : *être à bout de forces ; s'être dépensé avec excès.*
4. **to track** : *suivre à la trace, pister, traquer.*
5. **the Dow** : **the Dow Jones Industrial Average/Industrial Index**, indice des valeurs industrielles à la bourse de New York (du nom de deux journalistes, Dow et Jones, du Wall Street Journal).

J'aurais dû décoder tous les signes annonciateurs – les « réunions » qui se prolongeaient jusqu'à dix heures du soir ; les week-ends de séminaires aux Bermudes ; le fait qu'elle semblait épuisée quand elle me faisait l'amour « après une longue nuit passée à suivre l'évolution du Dow Jones ».

Et quand elle a lâché sa bombe en disant qu'elle allait s'installer chez Frank Pelt dans le vieux Greenwich (le type habitait bien sûr dans le faubourg bourgeois blanc le plus huppé), le choc fut un vrai coup de massue. D'accord, notre mariage n'avait pas été un modèle de tranquillité au cours de deux dernières années. Et, non, je ne suis pas exactement le gars le plus doué pour ce qui est de la gestion de l'argent.

---

6. **bombshell** : formé sur **bomb** (*bombe*) et **shell** (*obus*) ; désigne un *choc* qui fait l'effet d'une bombe, un *coup de théâtre*. Attention à la prononciation de **bomb** [bɒm], le **b** final n'est pas prononcé.

7. **whitebread** : terme péjoratif et argotique désignant la *classe moyenne blanche et conformiste*.

8. **WASP** : **White Anglo-Saxon Protestant**, *blanc, anglo-saxon et protestant*, ce qui a longtemps caractérisé la classe dirigeante aux États-Unis.

9. **paragon** : *parangon* (de l'italien **paragone**, *pierre de touche*).

10. **calm** : se prononce [kɑːm], le **l** n'étant pas prononcé (cf. palm [pɑːm], *la paume*).

And yes, we had been almost four months in arrears on our mortgage[1]—owing to my insisting we spend last summer in Paris when it looked like Esquire[2] was going to pay me $20k for a long essay on the state of American letters, and we went into massive credit card debt[3] to fund the trip[4], and then the editor[5] at Esquire passed on the piece, even though I'd told Megan that the essay had been actually[6] commissioned[7]. Having been caught out in a lie, she told me that I was beyond irresponsible. And to show me just how responsible she was she finished the MBA course in record time and landed the job with the mutual fund group. Then she had an attack of psoriasis due to the stress of her new job (and, truth be told[8], the downward[9] slide of our marriage). The company doctor dispatched her to some hotshot Park Avenue dermatologist: the famous Frank Pelt. A divorced father of three. Late sixties[10]—which meant there was a twenty-four year age gap between Megan and her new man. On the night she moved out—despite my entreaties, my declarations that I would change—I started writing a poem called "Daddy Complex."

To this day it remains unfinished.

---

1. **mortgage** : *hypothèque, emprunt immobilier*. Attention à la prononciation [ˈmɔːrgɪdj], le **t** n'est pas prononcé. **To take out a mortgage**, *contracter un emprunt immobilier, prendre une hypothèque*.

2. **Esquire** : à l'origine, **esquire** signifiait *écuyer*. Devenu en Angleterre un titre de courtoisie, utilisé par exemple dans une adresse sur une enveloppe : **Mr. John Smith, Esq.** *Esquire* désigne ici une revue internationale créée aux États-Unis en 1933 pour les hommes de 20 à 40 ans et contenant des articles sur la mode, les sports, la littérature et les arts, la vie des affaires etc. Symétrique de ***Cosmopolitan*** pour les femmes.

3. **debt** : *dette*, mais aussi *créance*. **To run into debt**, *s'endetter*. Attention, le **b** n'est pas prononcé : [det].

4. **trip** : *excursion* ; *voyage*. **To make/take a trip**, *faire un voyage*.

5. **editor** : faux ami qui signifie *rédacteur/trice-en-chef*, ou *responsable de*

Et, oui, on avait près de quatre mois d'arriérés sur notre prêt hypothécaire – suite à mon insistance pour passer l'été dernier à Paris, quand il semblait qu'*Esquire* était prêt à me payer vingt bâtons en échange d'un long article sur l'état de la littérature américaine, et que nous avions utilisé massivement notre découvert sur la carte de crédit pour financer le voyage. Ensuite le rédacteur en chef d'*Esquire* avait fait appel à quelqu'un d'autre alors même que j'avais certifié à Megan que le contrat avait bien été signé. M'ayant pris en flagrant délit de mensonge, elle me dit que j'étais complètement irresponsable. Et pour me prouver combien elle, elle était responsable, elle a terminé son programme MBA en un temps record et obtenu un poste auprès du groupe gérant de SICAV. Elle eut ensuite une crise de psoriasis causé par le stress de son nouveau job (et, pour tout dire, le naufrage de notre mariage). Le médecin de sa société l'envoya consulter un ponte en dermatologie sur Park Avenue : le célèbre Frank Pelt. Divorcé, trois enfants. La soixantaine bien avancée – ce qui voulait dire que son nouvel homme avait vingt-quatre ans de plus que Megan. Le soir où elle est partie, malgré mes supplications et mes promesses de m'amender, j'ai commencé à écrire un poème intitulé « Le complexe du père ».

À ce jour, il est toujours inachevé.

---

publication. Le français *éditeur* se dit **publisher**. **To edit** : 1. *être rédacteur/trice-en-chef, diriger une publication*. 2. *préparer un texte pour une publication*, avec d'éventuelles modifications ou suppressions, *amender, couper*.

6. **actually** : ce faux ami signifie *en réalité, vraiment, à vrai dire*.

7. **to commission** : *passer une commande*. **To commission a survey**, commander un sondage, une étude de marché.

8. **truth be told** : (mot à mot) *si la vérité était dite*.

9. **downward** : *vers le bas* ; **slide** : *glissement, glissade, chute, baisse*.

10. **late sixties** : **to be in one's late sixties**, *avoir de soixante-cinq à soixante-neuf ans*. Cf. **to be in one's early sixties**, *avoir de 60 à 65* ans ; **to be in one's mid sixties**, *avoir de 63 à 67 ans*, *être au milieu de la soixantaine*.

I now see my daughter every other[1] weekend. She tells me that Frank Pelt wants to be her other Daddy and that he's promised[2] her a set[3] of golf clubs for Christmas (only an asshole[4] from Old Greenwich gives a nine year old a set of golf clubs).

She tells me that she has a new flat-screen television in her bedroom, and that Frank Pelt was bringing her and Mommy to Orlando[5] before school started in September[6]. And though she did tell me "you will always be my Number One Daddy", I could see—during her four days with me per month—that she regarded the two bedroom apartment[7] in flat-lined[8] Flatbush she once called home to now be shabby[9], down-at-heel[10], very much the wrong end of town (all sadly true).

---

1. **every other...** : cf. **every other day/week/month/year**, *tous les deux jours, toutes les deux semaines* ou *toutes les quinzaines, tous les deux mois/ans*.

2. **to promise** : *promettre* ; attention à la prononciation ['prɒmɪs], avec un son [ɪ] et non [aɪ]. De même pour le nom : **a promise**, *une promesse*.

3. **a set** : *un ensemble, une série, un jeu* ; *un assortiment*.

4. **asshole** : (US ; GB **arsehole**) très vulgaire, argot : mot à mot *trou du cul*.

5. **Orlando** : ville de Floride où se trouve **Disney World**.

Je vois maintenant ma fille un week-end sur deux. Elle me dit que Frank Pelt veut être son second Papa et qu'il lui a promis un jeu de clubs de golf pour Noël (il n'y a qu'un enfoiré d'Old Greenwich pour donner un jeu de clubs de golf à une gamine de neuf ans).

Elle me dit qu'elle a une nouvelle télévision à écran plat dans sa chambre, et que Frank Pelt allait les emmener, elle et sa maman, à Orlando avant la rentrée des classes de septembre. Et bien qu'elle m'ait affirmé « tu seras toujours mon Papa numéro un », je me rendais compte – au cours des quatre jours par mois qu'elle passait avec moi –, qu'elle tenait le logement de deux pièces dans le Flatbush surpeuplé qu'elle considérait jadis comme sa maison, comme étant à présent mal fichu, miteux et vraiment situé du mauvais côté de la ville. Ce qui est tristement vrai.

---

6. **September** : notez la majuscule, obligatoire en anglais pour les mois et les jours.

7. **two-bedroom apartment** : le composé **two-bedroom** joue le rôle d'un adjectif, d'où l'absence de **s** à **bedroom**.

8. **flat-lined** : mot à mot *bordé d'appartements*.

9. **shabby** : 1. *pauvre, qui crie misère, miteux*. 2. (vêtement) *râpé, usé, élimé*. 3. (personne) *mesquin*.

10. **down**(-)**at**(-)**heel** : 1. (chaussure) éculé (**heel** = *talon*). 2. *dans la dèche*.

Meanwhile she was living in one of those picture postcard white faux colonial homes[1] that exude[2] a tidy[3], well-manicured front lawn view of life. And yes there was a pool out back. I knew all this because I was stalking[4] the place on a regular basis. And by stalking I mean viewing the house's comings-and-goings from the vantage point[5] of a house for sale opposite theirs, with no one in residency and a big garden wall behind which I could lurk[6]. I found this place on the evening I drove up to Old Greenwich, walked the ten minutes in the dark from a supermarket parking lot to the road on which they lived, discovered the For Sale sign in front of the vacant facing home, and discovered that I could position myself behind its wall (which had little gun-sniper[7]-style apertures bricked into its design) and spend a few hours observing my family's new life.

So I watched my daughter in the kitchen being made dinner by the Hispanic-looking au pair that my wife and her new man had engaged. And I watched Megan walking in from work and having my daughter throw herself into her arms (and me choking[8] back sobs, simultaneously thinking just how fucked up[9] I now was, crouching[10] down behind this wall, glimpsing[11] from afar the two people who still mean more to me than anyone else in this mess[12] called life, and who I would do anything to get back).

---

1. **one of those... homes** : mot à mot une de ces maisons blanches en faux style colonial de carte postale illustrée.

2. **to exude** : *exsuder, suinter.*

3. **tidy** : *bien rangé, bien tenu*

4. **to stalk** : *traquer, filer, suivre furtivement.*

5. **vantage point** : *poste d'observation, point d'où on peut bien observer*

6. **to lurk** : *se tapir, se tenir caché, se dissimuler* ; (danger, terreur) *menacer, rôder.*

7. **gun-sniper** : *tireur embusqué, tireur d'élite,* « *sniper* ». **To snipe** : *tirer en restant caché ; canarder.*

Entretemps elle vivait dans une de ces maisons de carte postale au faux style colonial dont les pelouses de devant irréprochablement tenues révèlent leur vision de la vie. Et en effet, il y avait une piscine à l'arrière. Je sais tout cela car j'espionnais régulièrement l'endroit. Et par espionner je veux dire surveiller les allées et venues autour de la maison depuis l'observatoire que constituait une maison à vendre située juste en face, inhabitée, avec un grand mur de jardin derrière lequel je pouvais me tapir. J'avais trouvé cet endroit un soir où j'étais allé en voiture à Old Greenwich, puis avais marché dix minutes dans l'obscurité depuis un parking de supermarché jusqu'à la rue où ils habitaient, découvert le panneau « À vendre » devant la maison vide d'en face, et compris que je pouvais me mettre derrière son mur (qui comportait des sortes de petites meurtrières en briques), et passer quelques heures à observer la nouvelle vie de ma famille.

Je vis ainsi ma fille se faire servir à dîner par une employée d'allure hispanique que ma femme et son nouvel homme avaient engagée. Et je vis Megan rentrant du travail et ma fille se jetant dans ses bras (et moi étouffant des sanglots, tout en pensant combien j'étais minable à cet instant, accroupi derrière ce mur à observer de loin les deux personnes qui comptaient toujours plus pour moi que n'importe qui dans ce foutoir qu'on appelle la vie, et pour lesquelles j'aurais fait n'importe quoi pour les récupérer).

---

8. **to choke** : *étrangler, s'étrangler, étouffer, suffoquer.*

9. **fucked up** : très vulgaire : de **to fuck**, *baiser*. **To fuck up**, *se planter, foirer, merder, déconner* ; **fucked up**, terme vulgaire très familier, signifiant notamment p*rofondément perturbé, qui a perdu ses repères.*

10. **to crouch** : *s'accroupir, se tapir, se blottir, se ramasser sur soi-même.* Dans un autre contexte, décrit l'attitude d'un animal prêt à bondir.

11. **to glimpse** : *jeter un coup d'œil, entrevoir, apercevoir* ; cf. **to catch a glimpse of**, *entrevoir, apercevoir, avoir un bref aperçu de.*

12. **mess** : 1. *pagaille, fouillis* ; *saleté.* 2. *gâchis, foutoir, merdier.* **To be in a mess**, *être dans le pétrin*. **To make a mess of something**, *tout gâcher.*

Of course I also saw Doctor Pelt at play with my girls. All chummy[1] and Daddy-esque with Annalisa. All Fuck Daddy with my wife. Seeing them (at moments when Annalisa was out of the room) get all pre-coital and sexual struck me as nothing short of a taste crime. Especially since her own father was just four years older than the senior citizen she was now allowing[2] between her legs.

Yes I was losing my equilibrium. Yes I was consumed by a rage and a jealousy that I found difficult grappling with[3]. But I also knew there was a solution. A way of getting this geriatric out of my life and my girls back to me. A solution that was a narration—and one with a decided plot twist[4].

Doctor Pelt drove one of those new Jaguar sports cars—one hundred grand worth of British engineering, a convertible, in "I'm not a senior citizen" rouged[5] red. I knew that, from observation, he often left his keyless remote control[6] in the car (as Old Greenwich[7] was one of those places where crime was virtually non-existent). Just as I also knew (because Annalisa told me over the phone, all excited) that her mother was bringing her to see The Lion King on Broadway[8] this Thursday. I took a gamble[9] and drove up Old Greenwich.

---

1. **chummy** : *liant, sociable, amical, familier, copain* ; de **chum**, *copain, copine*.

2. **to allow** : 1. *permettre, autoriser, tolérer.* 2. *admettre, reconnaître, faire droit à.*

3. **to grapple with** : *être aux prises avec, se colleter avec, se débattre contre, lutter contre.*

4. **plot twist** : **plot** signifie *complot*, mais aussi *intrigue* (roman, etc.). **Twist** 1. *torsion.* 2. *tour inattendu, tournure, développement* (d'une situation), *rebondissement* (intrigue, enquête).

5. **rouged** : **to rouge**, *se farder, se mettre du rouge* ; **rouged red** indique un *rouge agressif, criard, voyant, tape-à-l'œil.*

Bien sûr, j'ai aussi vu le docteur Pelt à l'œuvre avec mes filles. Tout à fait copain-copain et paternel avec Annalisa. Et tout à fait papa-la-baise avec ma femme. Les voir – dans les moments où Annalisa était sortie de la pièce – livrés à leur excitation précoïtale m'apparaissait d'un mauvais goût révoltant. D'autant que son père à elle n'était que de quatre ans plus âgé que le partenaire senior qu'elle allait accueillir entre ses cuisses.

Oui, je perdais les pédales. Oui, j'étais rongé par une rage et une jalousie que j'avais du mal à gérer. Mais je savais aussi qu'il y avait une solution. Une façon de chasser ce vieux machin hors de ma vie et de récupérer mes femmes. Une solution qui était un scénario, avec un sacré rebondissement.

Le docteur Pelt conduisait une de ces nouvelles Jaguar de sport – cent mille livres d'ingénierie britannique, une de ces décapotables qui proclamaient, en rouge agressif, « Je ne suis pas un senior ». Je savais, pour l'avoir observé, qu'il laissait souvent sa carte magnétique dans la voiture (Old Greenwich étant un de ces lieux où le crime n'existe pratiquement pas). Comme je savais aussi (parce que Annalisa, tout excitée, me l'avait dit au téléphone) que sa mère allait l'emmener voir *Le Roi Lion* à Broadway ce jeudi. Je décidai de tenter ma chance et me rendis en voiture à Old Greenwich.

---

6. **remote control** : *contrôle à distance, télécommande*. Désigne les *clés de contact*, les *télécommandes de télé, zapettes* et autres.

7. **Old Greenwich** : quartier résidentiel huppé où le calme et la sécurité des habitants sont bien assurés.

8. **Broadway** : c'est là que se jouent les pièces de théâtre, les comédies musicales etc. et que se décident les succès nationaux et internationaux.

9. **to take a gamble** : *prendre un risque, faire un pari (risqué)*. **Gamble** : *entreprise risquée, pari, coup de dé*. **To gamble on**, *miser sur, parier sur*.

I was in front of Pelt's house just before nine. I had my iPhone with me and used an app[1] to see if the good doctor was online just now. He wasn't. But he was watching television (as I had a clear view of the big set he was parked[2] in front of). And he wasn't on the phone right now (a crucial detail to the story I was constructing, as I knew what I was about to do ran a risk of being contradicted by phone or internet records). But it was well after nine. No one in places like Old Greenwich call each other so late. And I doubted[3] a dermatologist received professional calls about an outbreak[4] of acne at this hour of the evening. And he was engrossed in[5] a baseball game. So...

I was certain I could pull it off[6]. But I had also taken precautions. Such as the plastic jump suit[7] that was packed in my backpack and which I now pulled over all my clothes.

And the plastic booties[8] that I slipped[9] on over my sneakers. And the surgical gloves I snapped[10] on to both hands.

Then, charging commando style across the street, I quietly opened the door to his Jaguar and gambled that the double glazing[11] which Megan once mentioned to me ("Frank really likes to block out the outside world") would muffle[12] the sound of me hitting the start button in his car (yes, the keys were right there on the passenger seat—ah, the laissez-faire sense of trust that an upscale[13] suburb engenders) and then driving off.

---

1. **app** : abréviation courante d'**application**.

2. **to be parked** : *être garé*, mais aussi, en langue familière, *être installé* (dans un fauteuil etc.)

3. **to doubt** : attention à la prononciation [daʊt] ; le **d** n'est pas prononcé.

4. **outbreak** : *déclenchement, éruption* ; **the outbreak of an epidemic**, *la déclaration d'une épidémie* ; **at the outbreak of war**, *quand la guerre éclata, au début des hostilités*. **To outbreak** : *éclater, se déclencher*.

5. **to be engrossed in** : *être absorbé dans, occupé par, accaparé par*. **To be engossed in one's work**, *être tout à son travail*.

6. **to pull it off** : *y arriver, réussir son coup, mener son affaire à bien, conclure, assurer le succès*.

7. **jump suit** : à l'origine, *combinaison de saut* (de parachutiste) ; désigne aussi toute tenue, *blouson et pantalon*, couvrant l'ensemble du corps.

J'étais en face de la maison des Pelt juste avant neuf heures. J'avais mon iPhone sur moi et j'utilisais une appli pour savoir si le bon docteur était en ligne à ce moment-là. Il ne l'était pas. Mais il regardait la télévision (je voyais nettement le grand écran devant lequel il était installé). Et il n'était pas au téléphone (détail crucial dans l'histoire que j'élaborais, car je savais que ce que j'étais sur le point de faire risquait d'être remis en cause par des relevés de téléphone ou d'Internet). Mais il était neuf heures largement passées. Personne dans des endroits comme Old Greenwich ne se téléphone à des heures si tardives. Et je doutais qu'un dermatologue puisse recevoir des appels professionnels à propos d'un accès d'acné à cette heure de la soirée. Et il était absorbé dans une partie de base-ball. Alors...

J'étais sûr de réussir mon coup. Mais j'avais aussi pris des précautions. Par exemple la combinaison en plastique que j'avais mise dans mon sac à dos et que j'enfilai maintenant sur mes vêtements.

Et les bottes en plastique que j'enfilai par-dessus mes baskets. Et les gants de chirurgien que je mis à chaque main.

Ensuite j'ai foncé de l'autre côté de la rue, en style commando, j'ai doucement ouvert la portière avant de sa Jaguar en espérant que le double vitrage dont Megan m'avait parlé un jour (« Frank aime vraiment s'isoler du monde extérieur ») étoufferait le bruit du démarreur de sa voiture (oui, les clés étaient bien sur le siège du passager – ah, la confiance désinvolte qu'engendrent les résidences haut-de-gamme) quand j'appuierai pour la faire partir.

---

8. **booties** : (diminutif de **boot**, *chaussure, bottines*; *bottillon*) désigne des protections en plastique portées sur les chaussures par le personnel médical dans les hôpitaux, etc.

9. **to slip** : 1. *glisser*; *déraper*. 2. *se glisser, se faufiler, s'échapper*. **To slip on**, *enfiler, mettre* (un vêtement).

10. **to snap** : 1. *se casser net, se casser avec un bruit sec*; *claquer*. 2. *parler d'un ton sec/cassant*. Indique toujours un acte rapide, soudain. Cf. **Make it snappy**, *dépêchez-vous*; *magnez-vous, grouillez-vous*.

11. **to glaze** : 1. *vitrer*. 2. *mettre sous verre*.

12. **to muffle** : *assourdir, étouffer* (un bruit), *amortir, atténuer* (un son).

13. **upscale** : *de classe, haut-de-gamme, de qualité supérieure*. **Scale** : *gamme*.

But not driving that far. Because my plan was to head up[1] to the road that led the train station and await the 21.12 from Grand Central Station[2]. Which is exactly what I did. Then, in the manner of Darwinian Random Selection[3], I waited until the last car left the station. As it was late there was little in the way of heavy traffic. And there was only one passenger walking home. I spied[4] him as a man in his early sixties; a business type, all Brooks Brothers[5] button down[6], with closed cropped[7] hair, carrying a dull[8] little briefcase. I waited for five minutes, until he vanished from immediate view down the street and until I was certain there was absolutely no one else on the road. Then I hit the ignition and drove along until I caught up with Mr. Suit.

Seeing there was a lamppost up ahead, in front of which he was about to walk, I suddenly revved[9] the engine and directed the car right at him, smashing[10] into him in such a way that his body was thrown against the lamppost and the car rammed[11] him with full frontal impact. I saw his face at the moment of this violent encroachment[12]. Silent shock, followed by instant lifelessness. I backed up instantly. I drove within the speed limit all the way back to the doctor's house, fearing a roving[13] cop car might see the dented[14] mess that was the front of the Jaguar and pull me over[15]. But my luck held.

---

1. **to head up** : *se diriger vers, prendre la direction de, aller vers*.

2. **Grand Central Station** : principale gare ferroviaire de New-York.

3. **Darwinian Random Selection** : **Charles Darwin** naturaliste anglais (1809-1882) auteur de l'ouvrage *De l'origine des espèces au moyen de la sélection naturelle* (1859) qui explique l'évolution des espèces par la survie des mieux adaptées (**the survival of the fittest**).

Random : *aléatoire* ; **random sample**, *échantillon pris au hasard*.

4. **to spy** : (intr.) *apercevoir, voir*. 2. (tr.) *espionner, épier*.

5. **Brook Brothers** : le plus ancien marchand de vêtements de New-York, à l'origine pour hommes, à présent pour femmes également. A de très nombreuses succursales aux États-Unis. Fondé (en 1818) comme petite entreprise familiale, aujourd'hui propriété du milliardaire italien Claudio Del Vecchio.

6. **button down** : désigne à l'origine les *cols boutonnés* portés par les cadres ; a pris le sens de *conformiste, conservateur*.

7. **close cropped**, ou **close-cropped** : *coupés ras, taillés en brosse*. **To crop** : *tondre* (p. ex. moutons) ; *tailler court*.

I pulled up in front of Doctor Pelt's house. I parked the car. I closed the door ever so quietly. I hid behind the opposing wall and pulled off the gloves, the booties, the plastic jump suit. I walked to the supermarket parking lot where I had left my car (and there were a good twenty[1] cars always left there overnight, so my vehicle didn't stand out[2]). I drove south to Brooklyn. I dumped[3] the knapsack with the jump suit and all other incriminating evidence into a dumpster on Flatbush Avenue. I spent the next seventy-two hours fully expecting the door to burst open[4] and the cops to rush in. But what happened instead was...

A *cause celebre*[5]. As in the following *New York Post* headline:

Park Avenue Dermatologist in Hit and Run Death, Can't Explain His Whereabouts[6] *at the time of grisly*[7] *death just half-mile from his Front Door*[8]. *Connecticut D.A.*[9] *says he will press for First-Degree Manslaughter*[10] *Conviction*[11].

---

1. **a good twenty** : cf. **It twill take you a good half-hour**, *ça te prendra une bonne demi-heure, ça vous prendra bien une demi-heure.*

2. **to stand out** : *ressortir, se détacher, se distinguer, se faire remarquer.*

3. **to dump** : 1. *décharger, déverser, déposer des ordures.* 2. *écouler à bas prix.* 3. *plaquer, larguer.* **dumpster** : *benne à ordures.*

4. **to burst open** : **to burst**, *éclater, faire éclater.* **Open** joue ici le même rôle qu'une postposition, et indique donc le résultat de l'action, le verbe (**to burst**) indiquant la manière violente dont elle s'opère.

5. ***cause célèbre*** : expression française passée en anglais ; témoignage d'une époque (XIXe siècle et début du XXe) où le français rayonnait dans le monde et où les grandes affaires, l'affaire Dreyfus par exemple, avaient un retentissement international.

6. **wherabouts** : *lieu où se trouve quelqu'un/quelque chose.* **Nobody knows about his/her whereabouts**, *personne ne sait où il/elle se trouve.*

Mais je n'allai pas si loin que ça. Car mon plan était de gagner la route qui conduisait à la gare et d'y attendre le train de 21 heures 12 en provenance de Grand Central. C'est exactement ce que je fis. Puis en disciple de Darwin et de sa sélection naturelle, j'attendis que la dernière voiture ait quitté la gare. Comme il se faisait tard, il n'y avait pas grand-chose en matière de circulation ; un seul voyageur rentrait chez lui à pied. Je lui donnai une petite soixantaine ; l'allure d'un homme d'affaire, costard traditionnel de chez Brooks Brothers, cheveux en brosse, avec un triste petit attaché-case. J'attendis cinq minutes jusqu'à ce qu'il soit hors de ma vue au bas de la rue et jusqu'à ce que je sois sûr qu'il n'y avait absolument plus personne sur la voie publique. Alors j'actionnai le démarreur et roulai jusqu'à ce que je rattrape Monsieur Costard.

Voyant qu'il y avait un lampadaire un peu plus loin, sous lequel il allait passer, j'appuyai soudain sur l'accélérateur en dirigeant la voiture droit sur lui, le percutant de telle manière que son corps fut projeté contre le lampadaire et que la voiture l'écrasa de plein fouet. Je vis son visage à l'instant de ce violent impact. Une stupéfaction muette suivie de la mort instantanée. Je fis aussitôt marche arrière. Je refis tout le parcours jusqu'à la maison du docteur en respectant la limitation de vitesse, de crainte qu'une voiture de flic en patrouille ne remarque l'avant défoncé de la Jaguar et me fasse signe de m'arrêter. Mais la chance m'a souri.

---

8. **dull** : 1. *ennuyeux, monotone, morne, morose.* 2. (esprit) *borné, lent, obtus, peu brillant.* 3. (couleur) *terne, mat.* 4. (bruit) *étouffé, assourdi.* 5. (lame, outil) *émoussé.*

9. **to rev** : à l'origine, abréviation de **revolution**, *tour* (cf. *nombre de tours par minute*). **To rev** a pris le sens de *faire tourner, démarrer.* **To rev up**, *accélérer, emballer le moteur.*

10. **to smash** : *casser, briser, fracasser, détruire, écraser.*

11. **to ram** : *éperonner, emboutir, percuter.* Le nom **ram** signifie *bélier* (animal et machine).

12. **encroachment** : *empiètement.* **To encroach**, *empiéter* ; ~ **on**, *sur.*

13. **to rove** : *errer, vagabonder.* **To rove the seas**, *parcourir/écumer les mers.*

14. **to dent** : *cabosser, bosseler, ébrécher.*

15. **to pull over** : *se garer, se ranger sur le côté* ; (manœuvres, police etc.) *faire signe de se garer sur le côté.*

Je me suis arrêté devant la demeure du docteur Pelt. J'ai garé la voiture. J'ai fermé la voiture le plus silencieusement possible. Je me suis caché derrière le mur d'en face et j'ai enlevé les gants, les bottes, la combinaison en plastique. J'ai marché jusqu'au parking du supermarché où j'avais laissé ma voiture (il y avait toujours une bonne vingtaine de voitures garées là pour la nuit, et la mienne ne se remarquerait donc pas). Je me dirigeai au sud vers Brooklyn. Je jetai le sac à dos avec la combinaison et tout ce qui constituait des preuves potentielles dans une benne à ordures de Flatbush Avenue. Je passai les soixante-douze heures suivantes à m'attendre à chaque instant à ce que ma porte soit défoncée et que les flics fassent irruption [chez moi]. Au lieu de quoi il y eut...

Une affaire qui défraya la chronique. Témoin le gros titre suivant du *New York Post* :

Délit de fuite d'un dermatologue de Park Avenue. Incapable d'expliquer où il était au moment de l'horrible accident mortel à huit cents mètres de chez lui. Le procureur du Connecticut déclare qu'il poursuivra pour homicide aggravé.

---

7. **grisly** : *affreux, horrible, effroyable, épouvantable* ; *effrayant, sinistre, macabre.*

8. **front door** : *porte d'entrée, porte principale* ; (voiture) *portière avant.*

9. **D.A.** : **District Attorney**, représentant, dans un État des États-Unis, un ministère public. Correspond au *Procureur de la République* en France. **Connecticut** : attention à la prononciation, le 2ᵉ **c** devant le 1ᵉʳ **t** n'est pas prononcé : [kəˈnedɪkət].

10. **manslaughter** : *homicide (involontaire, par imprudence, sans intention de donner la mort)*, à distinguer de **murder**, *meurtre (avec préméditation), assassinat.* **Wilful murder**, *homicide volontaire.*

11. **conviction** : 1. *conviction, persuasion.* 2. *condamnation* ; **previous convictions**, *condamnations antérieures, dossier de l'inculpé, casier judiciaire.*

Of course Pelt's career was finished after all that. Of course he kept maintaining his innocence, kept saying someone else borrowed the car and did the deed[1]. Of course the police interviewed me—at Megan's urging[2], no doubt. And I had an airtight alibi. Home online, watching a download of all four hours of Jean Eustache[3]'s 1976 rive gauche classic, "La Maman et La Putain"—which I had indeed downloaded and allowed to spin out[4] while I drove to-and-from Old Greenwich. Yes they didn't totally buy[5] this at first. But criminal investigations often hinge on[6] who is telling the story that doesn't infringe[7] the limits of credibility. And when the cop asked me details about the film, I was (having owned the DVD for years) able to verify my fresh knowledge of its intellectual talk-a-thon[8] twists-and-turns[9]. Just as I argued rather rigorously about the fact as, though I certainly didn't like the fact that Pelt had taken up with[10] my wife and quasi-adopted my daughter, I had no interest in seeing him harmed, as I was pleased (given my own precarious circumstances) that he was giving my wife and daughter such a good life.

---

1. **deed** : 1. *acte, action*. 2. *exploit, acte de courage, acte héroïque*. 3. *acte notarié* ; *document officiel, contrat*.

2. **to urge** : *exhorter, encourager, pousser à, presser, faire pression sur*.

3. **Jean Eustache** : réalisateur français de cinéma (1938-1981 proche des *Cahiers du cinéma* et de la *Nouvelle Vague*, Prix spécial du Jury au Festival de Cannes de 1973 pour *La Maman et la putain*.

4. **to spin** : *filer, tisser*. 2. *tourner, tournoyer*. **To spin a coin**, *jouer/tirer à pile ou face*. **To spin a yarn**, *raconter/inventer une histoire*.

5. **to buy** : comme *acheter* en français (cf. « *je n'achète pas ta théorie* »), peut avoir le sens de *prendre pour argent comptant, avaler, gober*.

Naturellement, la carrière de Pelt fut brisée après cela. Bien sûr, il ne cessa d'affirmer son innocence, répétant que quelqu'un lui avait emprunté sa voiture pour accomplir le forfait. Évidemment la police m'interrogea – certainement à la demande pressante de Megan. Mais j'avais un alibi en béton. Chez moi, sur Internet, à regarder un téléchargement du film marathon de quatre heures de Jean Eustache, un classique du cinéma rive gauche de 1976, *La Maman et la Putain*. Je l'avais effectivement téléchargé et laissé se dérouler pendant mon aller-retour à Old Greenwich. Certes ils ne furent pas totalement dupes au début. Mais les enquêtes policières dépendent souvent de la personnalité de celui qui témoigne, à condition qu'il ne dépasse pas les limites de la crédibilité. Et quand le flic me demanda des détails, je fus en mesure (je détenais ce DVD depuis des années) de confirmer ma connaissance précise des rebondissements intellectuels de ce marathon verbal. Et comme je pus argumenter de façon plutôt convaincante quant au fait que, si évidemment je n'appréciais guère que Pelt se soit mis en ménage avec ma femme et ait quasiment adopté ma fille, je n'avais aucun intérêt à lui nuire, n'étant pas fâché (vu la précarité de mes propres ressources) qu'il offre à ma femme et à ma fille d'aussi bonnes conditions de vie.

---

6. **to hinge on** : *s'articuler autour de, dépendre de.* **Hinge** : *gond, charnière.*

7. **to infringe** : *enfreindre, transgresser, empiéter sur, violer.* **Patent infringement** : *infraction à/violation de la loi sur les brevets.*

8. **talk-a-thon** : *débat marathon.*

9. **twists and turns** : *tournures et évolutions, tours et détours.* **Twist** : *torsion, contorsion, déformation.*

10. **to take up with** : *se mettre à fréquenter, se lier d'amitié avec ; se mettre ensemble, se mettre à la colle.*

My luck held. No reports were apparently made of a strange man lurking in the neighborhood[1] of Pelt's house—because, of course, I parked ten minutes away and had walked the streets there when Old Greenwich was empty, vacant[2], shut up for the night. The good doctor was not on his computer or phone in the quarter-hour when I slammed[3] into that businessman—so he had no alibi, no way of disproving that he was behind the wheel, especially as the DNA tests run on the car showed none but his own[4].

I read all this in the tabloid[5] press. I read how his patients were abandoning him, how the American Medical Association was calling for his revocation of his medical license, how Megan had left him.

And then, on the morning when I was supposed to pick up Annalisa, I received the following email from my still-wife.

"I know you did it. Just as I also know it will be impossible for me to prove you did it. You covered your tracks[6] brilliantly. And now I am going to cover mine. Forever."

And with that she disappeared. With our daughter. Went right off the radar. Vanished completely. As the doctor was being arraigned[7] for manslaughter—and eventually[8] accepted a plea bargain[9] of five years and $2 million compensation to the widow of the man he didn't run over—all contact

---

1. **neighborhood** : *voisinage*; orthographe US ; en anglais britannique, **neighbour, neighbourhood**.

2. **vacant** : *inoccupé*; (place) *libre*; (poste) *vacant, à pourvoir*. Cf. **no vacancies** (*hotel*) *complet*; (poste) *pas d'embauche*.

3. **to slam** : *claquer, faire claquer*; (porte) *fermer brutalement/violemment*; *jeter, flanquer*. **To slam a door shut** : *claquer une porte*. **To slam into something/somebody** : *heurter violemment*.

4. **specially as... his own** : mot à mot, *spécialement comme les tests ADN ne montraient pas le sien*.

5. **tabloid** : *journal de petit format, tabloïde,* en général de la presse populaire.

La chance ne m'abandonna pas. Personne, apparemment, ne signala avoir vu un inconnu rôder dans les environs de la demeure de Pelt – puisque je m'étais garé, bien sûr, à dix minutes de là et que j'avais circulé à pied dans les rues à une heure où Old Greenwich était vide, sans activité et claquemuré pour la nuit. Le bon docteur n'était ni sur son ordinateur ni au téléphone dans le quart d'heure où j'avais éperonné cet homme d'affaire – aussi n'avait-il aucun alibi, aucun moyen de prouver qu'il n'était pas au volant, d'autant que les seules traces ADN détectées dans sa voiture étaient les siennes.

J'ai lu tout cela dans les tabloïdes. J'ai lu comment ses patients l'abandonnèrent, comment l'Ordre National des Médecins demandait sa radiation, comment Megan l'avait quitté.

Et puis, le matin où j'étais censé passer prendre Annalisa, je reçus de celle qui était toujours mon épouse le courriel suivant sur mon ordinateur :

— Je sais que c'est toi. Je sais aussi que je ne pourrai jamais le prouver. Tu as brillamment brouillé les pistes. Alors c'est à moi de brouiller les miennes. Pour toujours.

Et là-dessus elle disparut. Avec notre fille. Hors de l'écran radar. S'évanouit complètement. Tandis que le docteur était inculpé pour homicide et qu'il acceptait de plaider coupable – en offrant un dédommagement de deux millions de dollars à la veuve de l'homme qu'il n'avait pas écrasé – tout contact

---

6. **to cover one's tracks** : *couvrir ses arrières/ses traces, brouiller sa piste, donner le change.*

7. **to arraign** : *accuser officiellement, mettre en accusation, traduire en justice/devant un tribunal, inculper.* Synonyme de **to indict** [ın'daıt], *inculper.*

8. **eventually** : faux ami signifiant *finalement, en fin de compte.* Ne signifie éventuellement que dans de rares contextes. *Éventuellement* se dira **possibly, perhaps**, ou se traduira avec une tournure verbale : *je prendrai(s) éventuellement une voiture,* **I may take a car.**

9. **plea bargain** : de **plea**, *plaidoirie,* et **bargain**, *marché* ; accord entre l'avocat de la défense et le procureur pour obtenir une réduction de la peine encourue en échange d'aveux. Cf. le « plaider coupable ».

between myself and my ex-wife ceased[1]. The longing[2] I had for my daughter was overwhelming[3]. The desire to find some way of reestablishing my life with Megan huge. But—as a private detective who charged me $150 for thirty minutes of his time told me:—"She is clearly telling you: buzz off[4]. And she is clearly doing everything in her power to keep you as far away from her as possible. But if you feel like dropping $20k I am happy to find her for you. But when I do find her, then what? Do you really think she'll welcome you back with open arms, after what's happened? The way I see it, she thinks you got away[5] with it. Now I'm not saying you're the guilty party[6] here… but if you start pressing her, who's to say you're still going to be found innocent? My advice[7] to you—as hard as it is—let the whole matter drop. And maybe your daughter, when she's of a certain age[8], will want to make contact again with her father…"

Not after her mother has spent years telling her that I am a murderer.

And the man I murdered? A Wall Street lawyer named Brent Sanders. A Vietnam vet[9]. Married to the same woman for thirty-eight years. Father of four children, all of whom were devastated by his death, while his wife still can't get beyond the horror of it all (all this gleaned[10] from the New York Post).

But I did[11] get away with it all, didn't I? I teach my classes. I come home to my dismal[12] apartment.

---

1. **to cease** : attention à la prononciation [siːs], le **s** se prononce [s] et non [z].

2. **to long for** : *avoir très envie de, désirer ardemment ; souffrir durement de l'absence de, avoir la nostalgie de.*

3. **overwhelming** : *écrasant, accablant, affligeant, énorme* ; mais aussi (d'un succès, etc.) *extrêmement réjouissant, débordant, enthousiaste, sans réserve.* **To overwhelm**, 1. *subjuguer, engloutir, ensevelir.* 2. (émotion, etc.) *accabler, submerger, bouleverser.*

4. **buzz off** : *casse-toi, taille-toi, tire-toi, barre-toi ; dégage, fous-moi le camp, laisse tomber.*

5. **to get away with it** : *se tirer d'une mauvaise situation, échapper aux conséquences de ses actes.*

6. **party** : *partie,* au sens juridique ; cf. **the injured party,** *la victime* ; **a third party,** *un tiers, une tierce personne.*

entre mon ex-femme et moi-même cessa. Ma fille me manquait abominablement. Mon désir de trouver un moyen quelconque de reprendre ma vie avec Megan était immense. Mais, comme me le dit le détective privé qui me coûtait cent cinquante dollars la demi-heure : « Elle vous dit clairement : dégage. Et elle fait clairement tout ce qui est en son pouvoir pour vous écarter aussi loin d'elle que possible. Mais si vous vous sentez de claquer vingt kilo-dollars, je me ferais un plaisir de la retrouver. Et quand je la retrouve en effet, il se passe quoi ? Vous croyez vraiment qu'elle vous rouvrira les bras après tout ce qui s'est passé ? Pour moi elle pense que vous vous en tirez à bon compte. Bon, je ne dis pas que c'est vous le coupable. Mais si vous commencez à la harceler, qui sait si on continuera à vous trouver innocent ? Le conseil que je vous donne – je sais que ce n'est pas facile – c'est de laisser tomber. Et peut-être que votre fille, avec l'âge, reprendra contact avec son père... »

Pas après que sa mère aura passé tant d'années à lui répéter que je suis un assassin. Et l'homme que j'ai tué ? Un avocat de Wall Street nommé Brent Sanders. Un ancien du Viet-Nâm. Marié à la même femme depuis trente-huit ans. Père de quatre enfants, tous accablés par sa mort, tandis que sa femme ne peut toujours pas surmonter toute cette horreur (j'ai glané tout cela dans le *New York Post*).

Mais je m'en suis bien tiré, pas vrai ? Je dispense mes cours. Je rentre dans mon sinistre appartement.

---

7. **advice** : peut signifier *avis*, mais il est plus souvent employé au sens de *conseil(s)*. **Take my advice!** *Suivez mes conseils ! Faites-moi confiance ! Conseiller* (verbe) : **to advise**.

8. **of a certain age** : cf. **to come of age**, *atteindre la/sa majorité, devenir majeure(e)*.

9. **vet** : abréviation de **veteran**, *ancien militaire*.

10. **To glean** : *glaner, rassembler des informations*, en général parcimonieuses, provenant de telle ou telle source.

11. **did** : auxiliaire de renforcement ; on peut traduire par *Je m'en suis quand même bien tiré*.

12. **dismal** : *lugubre, sinistre, sombre, morne*. Cf. **The dismal science**, *la science funeste/sinistre = l'économie...*

I try to write. I fail. I see my daughter's yearning[1] face all moments of the day. I see Brent Sanders everywhere. I sleep little. Frank Pelt has just started his prison sentence[2], and the family[3] of Brent Sanders are furious that he has been sent to a minimum security facility[4]; that he should pay more for what he's done.

But it's me who's also paying. Silently. Stealthily[5]. Daily. Without letup[6].

I've gotten away with it indeed.

And there is no future beyond that last thought. Except:

Getting away with it is a life sentence.

---

1. **to yearn** : *languir*. Construit en général avec la postposition **for** ou **after** : **to yearn for/after**, *se languir de, avoir la nostalgie de, avoir très envie de, soupirer après*.

2. **sentence** : *jugement, condamnation, sentence*. **Prison sentence** : *condamnation à la prison* ; peut désigner, comme ici, la durée de l'incarcération.

3. **the family... are...** : en anglais un nom singulier, dans la mesure où

J'essaie d'écrire. Sans succès. Je vois le visage implorant de ma fille à toutes les heures du jour. Je vois Brent Sanders partout autour de moi. Je dors mal. Frank Pelt vient juste de commencer à faire sa peine de prison, et la famille de Brent Sanders est furieuse qu'il ait été placé dans un quartier de surveillance minimum. Ils pensent qu'il devrait payer plus pour ce qu'il a commis.

Mais c'est moi aussi qui paie. En silence. Furtivement. Quotidiennement. Sans répit.

Je m'en suis tiré, non ?

Et il n'y a aucun avenir au-delà de cette pensée. Ou plutôt :

S'en tirer, c'est une condamnation à perpète.

---

il recouvre un groupe d'individus, peut être suivi d'un verbe au pluriel ; cf. **the Government are**... *les membres du gouvernement sont...* ; **the police are looking for**... *les policiers recherchent...*

4. **facility** : *installation, structure, infrastructure.*
5. **stealthily** : *furtivement, à la dérobée, en catimini.*
6. **letup** : *relâche, répit.* **To let up** : *diminuer, s'adoucir ; accorder un répit.*

POCKET – 12, avenue d'Italie
75627 Paris – Cedex 13

Achevé d'imprimer en septembre 2016 par
MAURY-IMPRIMEUR
à Malesherbes (Loiret)

Cet ouvrage a été composé par Peter Vogelpoel

N° d'impression : 211702
Dépôt légal : septembre 2016
Imprimé en France
S27097/01